Les Colombes du Roi-Soleil

© Éditions Flammarion, 2005

© Éditions Flammarion pour la présente édition, 2009

87, quai Panhard-et-Levassor – 75647 Paris Cedex 13

ISBN : 978-2-0812-1102-5

ANNE-MARIE DESPLAT-DUC

Les Colombes du Roi-Soleil

Les comédiennes de monsieur Racine

Castor Poche Flammarion

1

Mme de Brinon, supérieure de la Maison Royale de Saint-Louis, traverse le corridor à grands pas et s'inquiète :

— Tout est prêt ?

— Presque, Madame, affirment les quatre maîtresses de classe tout aussi angoissées que leur supérieure.

— Je ne veux pas du presque, mais du parfait !

Aussitôt, les maîtresses houspillent les jeunes filles, qui finissent de se préparer :

— Marsanne ! vous n'avez pas encore votre coiffe !

— Kermenet, aidez donc Lestrange à nouer son corps[1] ! Vous êtes en retard, mesdemoiselles, et un

---

1. Ancien mot pour « corset ».

jour comme aujourd'hui, c'est impardonnable ! gronde Catherine du Pérou, la maîtresse des jaunes[1].

Les demoiselles de Saint-Louis sont nerveuses. Pour certaines, cela se traduit par une fébrilité qui leur fait trembler les mains et ralentit leurs gestes ; pour d'autres, c'est une excitation intense qui les conduit à rire, à s'exclamer pour un rien.

— Ne serrez pas tant, Hortense, je ne peux plus respirer, se plaint Charlotte de Lestrange.

— Il faut que vous ayez la taille plus fine que celle d'une guêpe ! plaisante la jeune Bretonne.

— Oh, pour ce que cela servira !

Hortense de Kermenet va répondre qu'un des préceptes de Mme de Maintenon est qu'un corps sain et agréable est le reflet d'une belle âme, mais Mme de Brinon, qui a dû faire le tour des dortoirs des rouges, des vertes et des bleues, entre dans le dortoir des jaunes et s'inquiète :

— Elles connaissent leur chant ?

— M. Nivers, l'organiste du Roi, les a fait lui-même travailler et Mme de Maintenon, qui a assisté à la dernière répétition, était pleinement satisfaite.

---

1. Dans la Maison Royale de Saint-Louis, construite à Saint-Cyr, les 250 élèves étaient réparties en 4 classes de 50 à 65 élèves distinguées par une couleur. Dans la classe rouge, les élèves avaient entre 7 et 10 ans ; dans la classe verte, entre 11 et 14 ans ; dans la classe jaune, entre 15 et 16 ans ; dans la classe bleue, entre 17 et 20 ans.

— Ah, quel malheur que M. Lully nous ait quittés en mars[1]... C'est sur sa musique que le compliment a été écrit... et je suis certaine qu'il aurait été touché que nos demoiselles l'interprètent en l'honneur de Sa Majesté.

— Certainement, Madame.

— Et la révérence ? Ont-elles enfin acquis l'art de la bien faire ?

— Absolument. Seules les deux petites de la classe rouge, arrivées hier du Languedoc, ne participeront pas à la manifestation. Elles ne savent pas se tenir et ne parlent pas un mot de français !

— Nous avons l'habitude. Elles franchissent toutes les portes de Saint-Cyr dans le même état. Gageons que dans un mois elles seront déjà presque des demoiselles !

La supérieure se tamponne le front, où perlent des gouttes de sueur. Et ce n'est pas la chaleur de cet automne flamboyant qui en est la cause : elle court depuis ce matin du dortoir des petites rouges à celui des grandes bleues pour régler les moindres détails. Elle mourrait de honte si un incident se produisait durant la visite royale.

— Allez prendre vos places, mesdemoiselles ! Et cessez un peu de cancaner, on se croirait dans une volière ! les gronde Mme de Brinon.

---

1. Lully est décédé en mars 1687.

Fillettes et jeunes filles s'égaillent joyeusement dans la cour, puis forment une haie d'honneur comme on le leur a indiqué pendant les répétitions.

Tout à coup, un bruissement de tissu soyeux sur les dalles, accompagné des effluves d'un parfum qu'elles connaissent toutes, arrête les bavardages.

Mme de Maintenon, vêtue de noir selon son habitude, salue la supérieure, puis, inspectant rapidement les jeunes filles, s'étonne :

— Montesquiou n'est pas avec sa classe ?

— Non, Madame, elle est à l'infirmerie avec Bruc et Charpin de la classe des vertes.

— Cette maison est décidément par trop humide !

— Cette fois, l'humidité n'est pas en cause. Bruc et Charpin sont les dernières à souffrir de la varicelle qui a touché beaucoup de petites et Montesquiou a pris un refroidissement après avoir couru dans le jardin.

— J'irai leur rendre visite avant de repartir.

Mme de Maintenon s'avance au milieu de la cour royale et lance d'une voix claire :

— Mesdemoiselles ! Sa Majesté a l'infinie bonté de venir nous remercier personnellement d'avoir prié pour sa guérison. Cette visite est un honneur pour notre maison. Sachez vous en montrer dignes.

— Oh là là ! Chaque fois que je vois le Roi, cela me met dans tous mes états ! se lamente Hortense en tapotant nerveusement les rubans jaunes de sa robe.

— Je suis comme vous, et pourtant Sa Majesté vient souvent à Saint-Cyr, renchérit Gertrude de Crémainville.

— Pour sûr, mais je ne m'y habitue pas, c'est si... merveilleux !

— La première fois que je l'ai vu, c'était à Noisy[1]. J'en étais si impressionnée que j'ai bien failli m'évanouir, murmure Louise de Maisonblanche.

— Je l'imagine sans peine ! s'exclame Isabeau. Dire qu'il y a trois ans à peine, j'étais au fond de ma province, je parlais patois, je m'ennuyais à mourir. Et aujourd'hui, grâce à la générosité de Sa Majesté, je vis à une lieue de Versailles et je bénéficie d'une instruction et d'un confort que toute demoiselle bien née serait en droit d'envier.

— Non, pas toute demoiselle ! coupe Charlotte de Lestrange. Moi, je ne m'ennuyais pas en Vivarais, et je n'ai jamais souhaité venir ici. On me l'a imposé pour consolider ma conversion au catholicisme[2].

— Le regrettez-vous ? interroge Isabeau.

---

1. Mme de Maintenon a commencé à accueillir des enfants pauvres à Rueil, à partir de 1682, puis à Noisy en 1684. Les jeunes filles emménagèrent à Saint-Cyr dans des bâtiments spécialement construits pour elles le 26 juillet 1686.

2. Le 16 octobre 1685, l'édit de Fontainebleau révoqua l'édit de Nantes de 1589 qui donnait une certaine liberté de culte aux protestants. Le culte protestant fut alors aboli. 200 000 huguenots (autre nom pour désigner les protestants) s'exilèrent, mais beaucoup de ceux qui refusèrent de se convertir ou de fuir furent massacrés. Dès 1686, les enfants protestants furent enlevés à leurs parents et confiés à des catholiques.

— Oui, souffle Charlotte avant d'ajouter tout bas à l'oreille de son amie : Je suis toujours huguenote et mon cœur est ailleurs.

Cette réponse n'étonne pas Isabeau. Elle espérait qu'avec le temps son amie oublierait cette religion interdite par le Roi, mais Isabeau a compris que si Charlotte se plie aux règles de la religion catholique, ce ne sont que simagrées pour éviter de compliquer une situation qui l'est déjà beaucoup.

Le grondement des roues du carrosse et le claquement des sabots des chevaux sur les pavés conduisant à l'avant-cour interrompent leur conversation. Les jeunes filles font bouffer leur jupe d'étamine brune de la main, tirent sur les dentelles qui ornent les manches de leur bustier, arrangent les rubans de couleur indiquant leur classe et remettent en place leur coiffe malmenée par le vent.

Seule Charlotte se dispense de ces préparatifs.

— Votre bonnet est de travers, lui fait remarquer Hortense qui vient d'ajuster le sien sur ses boucles rousses.

— Peu m'importe... M'incliner devant le Roi qui fait massacrer ceux de ma religion m'est... intolérable.

— Oh, voyons, vous exagérez, lui rétorque la Bretonne, le Roi est bon et généreux et s'il souhaite que vous deveniez catholique, c'est uniquement pour votre salut.

— Ah, Hortense, je mets votre indignation sur le compte de la naïveté. Je ne peux pas croire que vous aussi préfériez fermer les yeux plutôt que de voir la vérité en face, mais...

— Silence ! crie une maîtresse en frappant dans ses mains.

Trois mousquetaires et trois chevau-légers viennent d'entrer dans la cour, précédant de peu les huit chevaux blancs tirant le carrosse royal.

Quatre pages se précipitent pour ouvrir la portière et le souverain apparaît.

Isabeau en a le souffle coupé. On lui a bien recommandé de ne jamais lever les yeux sur le Roi, mais la curiosité est trop forte et elle reste bouche bée tant elle le trouve beau, majestueux, digne, élégant, avec toutefois un air doux.

Mme de Maintenon accueille le souverain et tous deux, suivis de quelques hautes personnalités, s'engagent entre la double haie constituée par les jeunes filles qui plongent dans une parfaite révérence.

Dès que le monarque a pénétré dans le bâtiment, les demoiselles se hâtent de regagner l'escalier d'honneur par les portes latérales. Elles vont jouer un divertissement dont Mme de Brinon est l'auteur. La supérieure de la Maison de Saint-Louis se prend pour un grand dramaturge et écrit des saynètes pour les élèves. Heureusement, les intermèdes musicaux sont l'œuvre de Lully et les jeunes filles prennent beaucoup de plaisir à interpréter un chant dont le texte, *Dieu sauve le roi*, a été écrit pour la circonstance[1].

À la fin de la représentation, Louis XIV, touché par cette délicate attention, félicite les pensionnaires rougissantes. Il va même jusqu'à caresser du bout de son doigt ganté le visage de Louise de Maisonblanche.

Être ainsi remarquée par le Roi est un insigne honneur. Et chacune des filles se demande pourquoi Louise a eu cette faveur. Le Roi l'a-t-il choisie au hasard ? A-t-il voulu la distinguer ? Mais pourquoi elle ? Son père s'est-il particulièrement illustré à la guerre ? Le Roi la trouve-t-il particulièrement belle ? Il est vrai que sa chevelure est d'une blondeur lumineuse et que sa peau diaphane fait ressortir le bleu de ses yeux... Cependant Charlotte, avec ses yeux noirs et ses épais cheveux de jais, a beaucoup d'allure, et Hortense, avec son visage à l'ovale parfait et sa chevelure rousse, a du charme. Isabeau est sans doute celle dont le physique est le plus ordinaire : cheveux châtains, yeux marron, bouche

---

1. On raconte qu'un Anglais présent à cette manifestation, ayant trouvé l'air charmant, l'aurait rapporté en Angleterre où il deviendra plus tard l'hymne national sous le nom de *God save the King [the Queen]*.

petite, mais lorsqu'elle sourit, elle irradie de bonté et de douceur.

Isabeau, qui sent pointer en elle un rien de jalousie contre laquelle elle lutte sans succès, se promet de mener son enquête. Si le Roi, à son tour, pouvait la remarquer, ce serait le plus beau jour de sa vie.

Avant de se retirer, Louis XIV se retourne sur le perron et s'adresse aux jeunes filles :

— Ce divertissement plein de grâce et de pureté m'a réchauffé le cœur ; vous êtes, mesdemoiselles, les Colombes de cette maison.

2

— **A**llez dans vos classes, mesdemoiselles, la récréation est terminée ! crie Mme de Brinon pour couvrir le bavardage des filles excitées par la visite de leur royal voisin.

Soudain, elle aperçoit deux fillettes cachées derrière un pilier. Les saisissant par la main, elle leur demande :

— Eh bien, qui êtes-vous et que faites-vous ici ?

— *Me soni Ròsa Blanca de Peiròlas. Veni de Sobèrs en Lengadòc e ai sèt ans,* dit la première en reniflant.

— *E ieu, soi Gabrièla de Mormand. Veni de Pesenàs en Lengadòc e ai uèch ans*[1], dit la seconde.

---

1. « Je m'appelle Rose-Blanche de Peyrolles. Je viens de Soubès en Languedoc et j'ai sept ans. » « Et moi, je suis Gabrielle de Mormand. Je viens de Pèzenas en Languedoc et j'ai huit ans. »

— Je ne comprends pas un mot de votre charabia ! soupire la supérieure. Mais je suppose que vous êtes les deux nouvelles arrivées hier.

Désignant de la main un ruban rouge ornant leur robe, elle leur explique :

— Vous portez des rubans rouges, vous êtes donc dans la classe rouge située au premier étage. Il est interdit de se promener dans les couloirs.

Elle soupire devant l'air ahuri des fillettes et arrête Isabeau de Marsanne qui regagnait la classe jaune avec ses compagnes.

— Marsanne, vous qui êtes de leur province, conduisez donc ces deux enfants dans leur classe et, avant de rejoindre la vôtre, passez dans mon bureau.

Isabeau fait la moue. Elle aurait préféré discuter avec ses amies du cas de Louise et tenter de découvrir pourquoi le Roi l'avait ainsi distinguée parmi les deux cent cinquante filles de la maison. Obéissante, elle s'accroupit devant les gamines. La plus jeune, les yeux pleins de larmes, se jette dans ses bras. Isabeau la console et cache tant bien que mal le trouble qui l'envahit. Cette petite Rose-Blanche lui fait penser à sa sœur Victoire qu'elle n'a pas revue depuis quatre ans.

Lorsqu'elles ont été séparées, Isabeau a promis à sa jeune sœur qu'elles se retrouveraient bientôt toutes les deux à Saint-Cyr. Mais comment s'y prendre ? Isabeau sait qu'il n'est pas facile d'être admise. Les places vacantes sont rares et même si sa famille possède largement les quatre quartiers de noblesse requis, des centaines de jeunes filles sont dans le même cas et attendent le verdict.

Touchée par la détresse de Rose-Blanche, Isabeau l'éloigne d'elle à contrecœur. Les démonstrations de faiblesse, les embrassades, les liens d'amitié excessifs sont défendus à Saint-Cyr. Il faudra que la fillette s'y habitue, mais, à sept ans, il est bien difficile de se passer de tendresse.

Tout en conduisant les deux nouvelles dans leur classe, Isabeau se demande pourquoi Mme de Brinon souhaite lui parler. Il ne peut s'agir d'une punition, elle n'a rien à se reprocher ; ni d'une récompense, les bons points sont distribués dans la classe et les petits cadeaux sont remis par Mme de Maintenon en personne aux plus méritantes. Ne serait-ce pas au sujet de Victoire ?

Rose-Blanche a du mal à lui lâcher la main sur le seuil de sa classe. Isabeau l'assure de son affection, du coup, la fillette ébauche un sourire. Gabrielle de Mormand lui dit simplement : « *Mercès*[1] », assez sèchement, mais n'est-ce pas pour cacher sa détresse ?

1. « Merci. »

Isabeau hâte le pas. Elle frappe à la lourde porte de chêne du bureau de la supérieure et entre après y avoir été invitée.

— Ah, Marsanne, votre sagesse, votre obéissance et votre application vous ont déjà conduite à être chef de bande[1].

Isabeau rougit sous le compliment. Elle se plaît à Saint-Cyr et se plier à la discipline comme bien faire son travail ne lui posent aucun problème.

Mme de Brinon poursuit :

— À partir de ce jourd'hui, vous vous occuperez de la petite Peyrolles. Vous lui apprendrez le français comme on vous l'a appris. Mlle de Loubert est débordée et je crois déceler en vous toutes les qualités d'une future maîtresse.

Isabeau ébauche un sourire. Mme de Brinon a vu juste. Instruire lui plairait. Mais pour devenir maîtresse dans la Maison Royale de Saint-Louis, il faut renoncer à la vie extérieure, renoncer au mariage et donc renoncer à avoir des enfants. Elle ne se sent pas prête à ce sacrifice. Comme toutes les filles de son âge, elle rêve du prince charmant... et l'instruction qu'elle reçoit à Saint-Cyr la prépare

---

1. L'effectif des classes variait de 55 à 65 élèves sous la responsabilité d'une première maîtresse. Chaque classe était divisée en « bandes » d'environ 10 élèves. Chaque bande était installée à une table. La meilleure élève, désignée comme « chef de bande », assistait la maîtresse.

à le rencontrer. C'est ce que sa mère lui a expliqué avant leur séparation :

— En restant sur nos terres de Sainte-Croix, alors que nous n'avons ni les moyens de vous donner une bonne éducation, ni ceux de vous constituer une dot, aucun gentilhomme ne viendra demander votre main. Avec de l'instruction et la dot du Roi, votre avenir est assuré.

Mais son avenir est peut-être aussi d'enseigner aux fillettes qui débarquent, ignares, de leur province. Son cœur balance : l'enseignement ou le mariage ? Elle a encore du temps avant de devoir choisir.

Tirée de sa réflexion, Isabeau répond :

— Merci, Madame. Je ferai de mon mieux pour que Rose-Blanche soit heureuse dans sa nouvelle vie.

Puis saisissant son avantage, elle ose questionner :

— Savez-vous si le dossier de ma sœur Victoire est en bonne voie ?

— La décision ne m'appartient pas. J'en parlerai à Madame, elle pourra éventuellement intervenir auprès du conseil d'État et de M. d'Ormesson. Votre sœur souffre-t-elle de quelque défaut ou infirmité nous obligeant à refuser son admission ?

— Aucun. Elle ne louche pas, elle n'est pas bossue, elle ne produit pas de mauvaises odeurs, n'a pas la teigne et...

Mme de Brinon, qui connaît par cœur la liste des clauses d'exclusion, coupe la parole à Isabeau d'un geste de la main et poursuit :

— Alors, il faut espérer... Mais ne vous retardez pas, regagnez votre classe.

Dans le couloir, Isabeau caresse la croix d'argent suspendue à son cou par un ruban jaune. C'est le signe qu'elle est chef de bande. Peut-être Mme de Maintenon la récompensera-t-elle d'une paire de gants ou d'un nouveau ruban ? Elle serait si heureuse et si fière d'être ainsi distinguée. Cette pensée la ramène à Louise. Louise remarquée par le Roi. Un doigt du souverain qui effleure votre joue, c'est encore mieux que tous les colifichets offerts par Madame. Qu'a donc Louise de plus que les autres ? Elle n'est pas particulièrement bonne élève puisqu'elle n'est pas chef de bande et n'a, à sa connaissance, reçu qu'un ou deux bons points. Alors ?

Sa joie et sa bonne humeur s'envolent et la jalousie lui pince le cœur. Isabeau se reprend. Ce soir, elle priera avec plus d'ardeur pour être délivrée de cet horrible sentiment. Mme de Maintenon ne cesse de le leur répéter : la jalousie est un vilain défaut qu'il faut chasser par l'humilité.

Elle pénètre dans la classe alors que leur maîtresse montre sur une carte l'étendue des États du grand-duc de Moscovie.

Hortense et Charlotte, curieuses, l'interrogent du regard. Impossible de leur répondre. Le silence est de rigueur. Elle sait que Hortense la félicitera chaleureusement d'avoir été choisie pour être la tutrice d'une nouvelle venue. Hortense a un cœur d'or, mais Charlotte va encore se moquer de son amie, qu'elle juge trop obéissante.

— Vous n'en avez pas assez, lui a-t-elle dit voici quelques jours, d'être contrainte à vous couler dans le moule que Madame nous impose ?

— Non, cela ne me gêne pas, j'aime obéir.

— Moi, je voudrais devenir aussi parfaite que Madame, avait ajouté Hortense qui voue une admiration sans bornes à Mme de Maintenon.

— Parfaite, Madame ? Mon père m'a raconté qu'elle avait été une fieffée intrigante et qu'elle était loin d'être chaste et pure. N'avez-vous jamais entendu les chansons coquines écrites à son sujet ?

— Des calomnies ! s'était offusquée Hortense.

— Non. La vérité... D'ailleurs, elle a si bien intrigué qu'elle a épousé secrètement le Roi voici cinq ans[1] !

---

1. La reine Marie-Thérèse d'Autriche mourut le 26 juillet 1683. Alors que ses ministres lui conseillaient de se marier à une jeune et riche princesse étrangère, Louis XIV choisit d'épouser secrètement Mme de Maintenon, qu'il aimait depuis des années.

— C'est ce que colportent les mauvaises langues. Mais ouvrez les yeux, Charlotte ! s'était emportée Hortense. Les robes sobres de Madame ne sont pas celles d'une reine, elle n'a jamais de lourds bijoux, de ruchés de dentelle ou de coiffures extravagantes ! Et croyez-vous que si elle était reine, elle passerait des journées entières avec nous ?

— Justement, elle est fourbe et ses manières de bigote m'insupportent... surtout quand je pense à tous les miens massacrés au nom de la religion.

— Chut ! malheureuse, l'avait interrompue Isabeau. Si on vous entendait, vous seriez renvoyée sur-le-champ.

— Quelle joie ce serait ! Quitter cette prison et revoir les miens est mon vœu le plus cher !

— Et moi, mon vœu le plus cher est que ma sœur Victoire me rejoigne ! avait lancé Isabeau.

— Eh oui ! Toutes les deux vous êtes faites pour cette vie d'obéissance. Moi je suis une révoltée... comme ceux de ma religion, s'était exaltée Charlotte.

— Votre religion, c'est le catholicisme ! avait insisté Hortense qui n'imagine même pas qu'il puisse exister une autre religion que la sienne.

— Charlotte, je vous en prie, faites un effort, vous risquez le fouet, avait supplié Isabeau.

— Croyez-vous que le fouet me fera changer d'avis !

Isabeau se demande parfois pourquoi elle est devenue l'amie de Charlotte. D'accord, leurs lits sont côte à côte dans le dortoir, mais ce n'est pas la principale raison.

Lorsqu'elle accepte d'être lucide, Isabeau reconnaît que la révolte de Charlotte l'emplit d'admiration. Elle, la sage, n'oserait jamais aller contre les préceptes enseignés à Saint-Cyr.

CHAPITRE

3

À six heures, après le souper qui se prend en silence, les jeunes filles se lavent les mains dans les cuvettes en cuivre et se rincent la bouche. La veille, le dentiste, installé à l'apothicairerie[1], a inspecté les dents de toutes les demoiselles. Par chance, il n'a procédé à aucune extraction. En rang, elles se rendent ensuite au lieu commun. À leur arrivée dans la Maison Royale, cet endroit les a beaucoup étonnées. Chez elles, il n'y en avait pas et elles se servaient d'un vase ou allaient se soulager dans les haies et les bosquets entourant leurs maisons, comme la plupart des gens. À Versailles même, il

1. C'est ainsi qu'on appelait la pharmacie des couvents ou des communautés telles que cette Maison Royale de Saint-Louis.

n'y en a qu'un ou deux quand Saint-Cyr en compte quinze !

Pendant la récréation qui suit, elles jouent aux billes, aux dés, ou aux osselets. Les plus grandes dansent quelques figures de menuet. C'est l'activité préférée de Louise. Elle y excelle, comme d'ailleurs dans la musique et le chant. Isabeau la regarde avec une pointe d'envie et ne peut s'empêcher de s'exclamer :

— Ah, Louise, on dirait que vous avez appris la danse au berceau !

— Grand Dieu, non ! Mais j'ai tant de plaisir à danser que les mouvements me viennent naturellement.

— Et votre voix est si belle ! renchérit Hortense.

— Merci. Pourtant, je n'y suis pour rien... C'est sans doute un don de Dieu.

— Alors, le seigneur vous a particulièrement gâtée ! lance Isabeau qui, comparée à Louise, se trouve bien terne.

Louise ne répond pas. Mais elle pense exactement le contraire. Le chant et la danse ne suffisent pas à combler le vide de sa vie.

À huit heures précises, elles montent dans les dortoirs.

Après la prière et la méditation, elles relèvent leurs cheveux dans une bande de toile, passent leur tenue de nuit, et lorsque la cloche sonne, à neuf heures moins le quart, elles se glissent sous la couverture blanche de leur lit et tirent les rideaux aux couleurs de leur classe.

Dans l'immense dortoir où dix-huit lits sont alignés de chaque côté de l'allée centrale, Isabeau, Charlotte et Hortense, allongées dans le noir, attendent que leurs compagnes soient endormies. Puis, comme à l'accoutumée, Hortense et Isabeau ouvrent discrètement leurs rideaux et s'installent sur la couche de Charlotte pour bavarder à leur aise. Les discussions personnelles sont interdites à Saint-Cyr et si elles peuvent dialoguer entre elles pendant les récréations, c'est uniquement sur des thèmes proposés par les maîtresses. Aussi, le soir, elles s'en donnent à cœur joie.

— Que vous voulait-elle, Brinon ? questionne Charlotte.

— Que je m'occupe de Rose-Blanche de Peyrolles qui est complètement perdue.

— Encore une que l'on a arrachée à sa famille ! grince Charlotte.

— Ne soyez pas hargneuse ainsi ! Chez elle, elle n'avait peut-être même pas de quoi manger ! Ici elle sera nourrie, vêtue, logée, instruite gratuitement et, à vingt ans, elle partira avec une dot ! affirme Isabeau.

— C'est mon cas, dit Hortense. Mon père s'est ruiné en levant des armées, il a perdu une jambe à la guerre et les revenus de nos terres couvraient juste ses dettes...

— Sans doute, mais lorsqu'on est encore dans la prime enfance, le bien-être et l'instruction ne remplacent jamais l'affection d'une mère, se bute Charlotte.

— La mienne est morte du choléra l'année de mes sept ans, rappelle Hortense, alors que serais-je devenue si je n'avais pas été acceptée ici ?

Les propos d'Hortense jettent un froid dans la conversation. Isabeau serre le bras de son amie en signe de compassion. Mais Charlotte reprend :

— Moi, c'est différent, vous le savez, je ne suis pas ici par pure charité, mais pour m'éloigner de ma religion. J'aurais pu finir enfermée de force dans un couvent, mais pour m'éviter cela, mes parents se sont convertis. Mon père et mon frère Simon se sont engagés à servir le Roi.

Hortense s'est ressaisie et elle assure avec force :

— Je suis certaine que bientôt vous vous sentirez bien dans notre Église.

— Cela m'étonnerait. En fait... j'ai un autre problème...

Charlotte hésite. Pourtant se confier lui ferait du bien. Plusieurs fois déjà, elle a voulu le faire sans pourtant s'y résoudre. Mais ce soir, elle est si nostalgique qu'elle baisse la voix et murmure :

— Lorsqu'on m'a arrachée à mon Vivarais, j'étais promise à François de Marquet, un cousin éloigné de ma mère.

— Un vieux ? interroge Isabeau en faisant la moue.

— Pas du tout. Il a dix-sept ans. Il est page du duc de Savoie et... je l'aime.

Charlotte ne peut pas voir l'émoi que produisent ses paroles sur ses compagnes. Le cœur d'Isabeau s'emballe et Hortense rougit. La première parce qu'elle hésite entre un beau mariage et devenir novice pour instruire les autres, et la seconde, plus prude et naïve, tremble d'entendre parler d'« amour ».

— Et lui ? reprend Isabeau après un moment de silence.

— Nous nous sommes juré amour et fidélité.

— Mais alors, où est le problème ? s'étonne Hortense un peu trop fort.

— Chut ! souffle Isabeau, un doigt sur la bouche.

Deux lits plus loin, un rideau bouge, une fille marmonne des paroles inintelligibles puis se rendort.

— Le problème, c'est que jamais je ne pourrai patienter jusqu'à l'âge de vingt ans pour quitter

cette prison ! Déjà deux ans que je ne l'ai point vu !
Sans sa présence, je dépéris.

— Allons, Charlotte, vous dramatisez ! Les
hommes ne nous sont pas indispensables. Madame
dit souvent qu'il s'en trouve très peu de bons et
que sur cent elle pense n'en avoir connu qu'un ou
deux qui le fussent, prononce sentencieusement
Hortense.

— Madame voudrait que nous entrions toutes
au couvent ! Elle a oublié sa jeunesse ! Moi, j'aime
un homme et je ne connais pas de sentiment plus
beau et plus... troublant.

Gênée par cette discussion qui lui semble déraper
vers des thèmes interdits, Hortense quitte le lit
douillet en disant :

— Je ne vous suis pas dans cette voie. Bonne
nuit.

Dès que la Bretonne s'est éloignée, Charlotte
pouffe à l'oreille de son amie :

— Celle-ci, sûr, elle prendra le voile et deviendra
une parfaite dame de Saint-Louis !

— C'est un sort enviable, non ?

— Vous êtes folle ! Croupir ici entre ces murs
qui suintent d'humidité à réciter des prières et à
assister aux offices alors que la vie est dehors !

— Parfois, la vie à l'extérieur de notre maison
m'effraie.

— Pas moi ! Tout plutôt que ce cocon douillet où on nous enferme. Ne pas savoir ce qui se passe derrière ces murs me mine. J'ai envie de connaître Versailles, Paris et les gens qui y habitent, j'ai envie de participer à des fêtes, à des bals, de rire, de m'amuser, de pouvoir parler quand bon me semble ! Ici, j'ai l'impression d'être un papillon auquel on a brûlé les ailes !

— Oh, Charlotte, vous m'effrayez avec vos idées !

— Si vous avez peur, pourquoi êtes-vous mon amie ? la provoque Charlotte avec arrogance.

— Je ne sais pas, lâche Isabeau.

— Eh bien, je vais vous le dire : parce que, malgré tout, vous sentez que j'ai raison. Je vous fais voir la vérité en face et mon audace vous plaît.

Isabeau ne répond pas, mais Charlotte a vu juste. Elle sourit dans le noir et, pour ne pas perdre la face, change brusquement de sujet de conversation :

— Pourquoi croyez-vous que le Roi a remarqué Louise ?

— Je me suis posé la question. Elle est jolie, c'est un fait, mais elle n'est pas la seule et elle est loin d'être la meilleure. Peut-être Sa Majesté connaît-elle particulièrement bien sa famille ?

— C'est ce que je pense aussi.

— À moins que le Roi ne l'ait choisie pour une raison... plus personnelle.

— Vous voulez dire... pour qu'elle devienne sa... sa favorite ?

— Peut-être. Ou alors le Roi œuvre pour un prince, un duc, un marquis de ses amis. Ce n'est un secret pour personne que certains courtisans s'émoustillent de la présence de deux cent cinquante jeunes filles de bonne noblesse, sans tare ni défaut, à une lieue de Versailles. Ils n'ont qu'à choisir !

— Vous... vous ne parlez pas sérieusement ? bredouille Isabeau.

— Mais si, ma chère. Lorsque le Roi vient nous rendre visite, il est toujours entouré d'une vingtaine de gentilshommes français et parfois même étrangers. Et pourquoi imaginez-vous qu'ils se déplacent ? Pour choisir celle qui plus tard partagera leur couche.

— Oh ! lâche Isabeau, indignée.

— Il y a certainement parmi eux de bons partis jeunes et riches, mais il y a aussi quelques vieux vicieux qui n'ont envie que de chair fraîche.

— Madame nous aime trop, elle ne laisserait pas partir l'une d'entre nous... avec un vieux !

— Eh, si ! Elle-même a été mariée à seize ans à un vieux nain bossu et difforme [1]... Et si en plus il

---

1. À 16 ans, Françoise d'Aubigné (qui allait devenir Mme de Maintenon quelques années plus tard) épousa le poète Paul Scarron, de 25 ans son aîné.

s'agit d'un courtisan bigot et bien placé à la Cour, le Roi donnera une dot et sa bénédiction.

Isabeau soupire. Elle en veut à Charlotte de lui avoir brisé son rêve de prince charmant venant la chercher le jour de ses vingt ans. Si l'avenir est celui décrit par Charlotte, elle fera tout pour devenir dame de Saint-Louis afin d'enseigner aux jeunes filles et d'échapper ainsi au mariage.

Déçue et agacée par l'attitude de son amie, Isabeau pose ses pieds nus sur le carrelage glacé pour regagner sa couche.

— À propos de Louise, lance Charlotte en retenant Isabeau par la manche de sa chemise, pour savoir pourquoi elle a été remarquée par le Roi, il suffira de lui poser la question.

— Comme si c'était facile, grogne Isabeau. Elle est aussi bavarde qu'un escargot.

Charlotte enfouit sa tête sous son oreiller pour pouffer à son aise, tandis qu'Isabeau étouffe son rire en s'affalant sur son lit. Son mouvement d'humeur est terminé. Malgré leurs différences, c'est avec Charlotte qu'elle s'entend le mieux.

4

À six heures, alors que le jour n'est pas encore levé, Mlle du Pérou vient réveiller les jeunes filles de sa classe en frappant des mains, appelle celles qui n'ont pas entendu et secoue les paresseuses. Après la prière, elles commencent leur toilette.

— Mon peigne ! Qui a pris mon étui et mon peigne ? se plaint Louise.

Charlotte adresse un clin d'œil discret à Isabeau. C'est le subterfuge qu'elle a trouvé pour aborder Louise dès le matin, puisque tout bavardage est interdit.

— Si vous l'aviez posé, comme il se doit, sur la table à côté de vos vêtements de jour, il y serait encore, gronde la maîtresse.

— Voulez-vous que je vous coiffe ? propose Charlotte.

— Non, boude Louise, Jeanne le fera.

— Jeanne est malade, vous le savez bien.

— Cessez vos enfantillages, mademoiselle, vous nous mettez en retard.

À contrecœur, Louise se laisse coiffer par Charlotte qui lui chuchote aussitôt à l'oreille :

— Pourquoi le Roi vous a-t-il caressé la joue, hier ?

Louise rougit. Ce geste l'a tellement troublée qu'elle n'en a pas fermé l'œil de la nuit. Elle espérait que personne n'oserait lui en parler. C'était compter sans l'aplomb de Charlotte.

— Je l'ignore, répond-elle brièvement.

— Allons, vous avez bien une petite idée, le Roi n'a pas pour habitude de montrer son intérêt à la première venue.

— Je vous rappelle, mesdemoiselles, que le silence est de rigueur, insiste la maîtresse des jaunes en foudroyant Charlotte du regard.

Charlotte soupçonne Mlle du Pérou d'être particulièrement sévère à son égard parce qu'elle est une ancienne protestante convertie. Mais la jeune fille a plus d'un tour dans son sac, et, cette fois, elle propose à Louise d'une voix engageante :

— Je vais vous aider à lacer votre corps.

— À ce sujet, prenez davantage soin de vos corps, recommande la maîtresse, le mois dernier, il y en avait dix en réparation.

Tout en tirant sur les liens dans le dos de Louise, Charlotte reprend :

— Est-ce que vos parents sont des personnages en vue à la Cour ?

— Cela m'étonnerait. Je suis orpheline. J'étais chez une nourrice à la campagne jusqu'à mon arrivée dans la maison de Rueil.

— Il faut bien que quelqu'un ait sollicité votre inscription.

— Vous m'ennuyez avec vos questions. Laissez-moi tranquille, je finirai de m'habiller seule.

— C'est vraiment bizarre, marmonne Charlotte, perdue dans ses réflexions.

— Aïe ! s'écrie Louise, vous m'étouffez !

Attirée par le cri, Mlle du Pérou se tourne vers Charlotte et la gronde :

— Lestrange ! Faites donc attention, vous allez rompre les baleines !

Charlotte hausse légèrement les épaules et rejoint Isabeau, occupée à poudrer ses cheveux.

— Et s'il vous plaît, mesdemoiselles, intervient encore la maîtresse, usez de la poudre avec parcimonie. L'intendante en a encore commandé trente-deux kilos à Mme Duval, parfumeur à Paris, mais vous aimez tant cette poudre surfine à l'œillet que nos dépenses vont bientôt dépasser celles de l'ensemble des dames de la Cour !

Les jeunes filles sourient. Il est vrai que se poudrer les cheveux est un luxe qu'elles n'avaient pas dans leur province, aussi, elles en profitent et en abusent, même. Mlle du Pérou, qui a juste vingt et un an, sait faire preuve d'humour, toutefois, afin de ne pas perdre son autorité, elle frappe dans ses mains et le silence revient.

À présent, les jeunes filles forment le rang pour descendre au réfectoire. Elles s'installent à l'une des seize tables recouvertes de nappes blanches, ouvrent le tiroir pour y prendre leur serviette et dévorent avec appétit un morceau de pain et un fruit comme tous les matins de la semaine.

Après l'office, les demoiselles remontent dans leur classe.

— Qu'avez-vous appris de Louise ? chuchote Isabeau à l'oreille de Charlotte.

— Rien. Elle semble aussi étonnée que nous d'avoir eu la faveur de Sa Majesté.

— C'est vraiment étrange, non ?

— Certes ! Et chercher la solution de cette énigme pimentera un peu notre...

Charlotte s'arrête. Mlle du Pérou approche à grands pas, le sourcil froncé. Inutile de risquer une nouvelle réprimande.

La bande d'Isabeau se groupe autour d'un métier à broder. Elles doivent réaliser un écran de cheminée qui sera offert au Dauphin et, tandis que leurs doigts s'agitent sur l'étoffe, elles écoutent la lecture d'un texte faite à haute voix par une autre élève. Parfois la maîtresse la reprend pour corriger une intonation ou souligner une phrase sur laquelle elle leur propose de réfléchir.

Pour Charlotte, ces longues heures sans bavardage sont un supplice et la lecture des Évangiles l'ennuie. Vivement le dîner[1] de onze heures et la récréation !

— Venez, allons jouer à cache-cache-mitoulas[2], propose Isabeau à Charlotte qui, contrairement à son habitude, ne s'est pas précipitée dans la cour dès la fin du dîner.

— Pas aujourd'hui, je vais écrire à François.

— Écrire à un homme... c'est défendu, bredouille Hortense en s'approchant des deux amies.

— Je le sais bien. De toute façon, nous n'avons pas le droit d'écrire à notre famille plus de quatre

1. À cette époque, on déjeunait le matin, on dînait vers onze heures, on soupait vers six heures du soir et on faisait médianoche vers minuit après le spectacle.
2. Jeu qui consistait à cacher un objet que les participantes devaient rechercher.

fois par an... trois de mes courriers sont pour lui. Et je suis obligée de ruser : je fais comme si j'écrivais à sa sœur, ma cousine Irénée, en prenant soin de ne pas me trahir dans les propos que je tiens. Je sais bien que nos lettres sont lues.

— Mme de Brinon ne s'étonne pas que vous n'écriviez pas plus souvent à votre mère ?

— Elle m'a posé la question et je lui ai répondu que je voulais prendre mes distances avec ma mère qui m'avait élevée dans la foi huguenote... Mais ce mensonge m'a coûté. Je suis tendrement attachée à ma mère et à ma sœur... mais follement amoureuse de François. J'ai dû choisir. Je suis certaine que ma mère me comprend.

— Être amoureuse n'apporte que des tracas, professe Hortense.

— Oh, vous, la nonne, je vous dispense de vos commentaires ! Ce n'est pas l'amour qui me cause du souci, mais le règlement beaucoup trop strict de cette maison.

Hortense rougit et tourne violemment les talons. Charlotte est vraiment détestable. Elle se plaît à enfreindre les règles. Hortense se promet de la ramener dans le droit chemin et, s'il le faut, elle la dénoncera pour la sauver de l'enfer.

Le lendemain, Charlotte est appelée dans le bureau de Mme de Brinon.

— Qu'est-ce que j'ai encore fait ? rouspète la jeune fille.

— Peut-être la supérieure a-t-elle deviné à qui vous écriviez ? avance Isabeau.

— Impossible, je suis passée maître dans l'art de la dissimulation... À moins que Hortense ne lui ait livré mon secret.

— Oh, non ! Elle ne vous approuve pas, mais jamais elle ne trahirait une amie.

— Dans quelques minutes, je serai fixée.

Elle quitte le réfectoire et, au lieu d'aller avec ses camarades assister à la leçon de musique de M. Nivers, elle se dirige à pas lents vers le bureau de Mme de Brinon.

— Qu'est-ce que ce courrier ? l'interroge sèchement la supérieure en brandissant le pli ouvert.

— C'est pour ma cousine Irénée. Nous sommes très proches et elle me manque beaucoup, ment Charlotte avec aplomb.

— Sans doute. Et vous n'avez rien de plus intéressant à lui raconter que le doigt de Sa Majesté sur la joue de Louise ?

Charlotte, qui s'attendait à une tout autre remontrance, bredouille :

— Euh... en fait, je...

— Décrivez-lui votre vie spirituelle, vos progrès en français, vos travaux de broderie, mais ôtez de cette missive ces considérations de bas niveau. Colporter des ragots sur l'attitude du Roi est indigne d'une demoiselle de notre maison. Je vous prie donc d'écrire une nouvelle lettre un peu moins terre à terre qui partira par le prochain coursier.

Ravie de s'en tirer à si bon compte, Charlotte rejoint dans la grande salle ses amies qui apprennent un nouveau chant intitulé *D'un Roi toujours vainqueur*. Cet hymne sera interprété lors d'une visite que le souverain se plaît à faire à « ses Colombes » au retour de la chasse ou encore lorsque, après l'inspection de ses jardins, ses pas le conduisent à la porte de Saint-Cyr.

Charlotte se place à côté d'Isabeau et lui chuchote, le visage caché derrière son livret :

— Rien de grave... mais Brinon m'a interdit de parler de Louise dans ma lettre.

— Non ? Est-elle donc si importante que cela, Louise ?

— Certainement. En tout cas, il ne faut pas qu'on sache à l'extérieur que le Roi l'a remarquée.

— Mais pourquoi donc ?

— Louise est un secret... un secret d'État... ou quelque chose dans le genre. Je ne sais pas si elle joue la comédie ou si elle ignore vraiment son importance... mais en tout cas, rien de ce qui la concerne ne doit sortir d'ici. Ordre de Mme de Brinon.

M. Nivers arrête d'un geste de la main les voix mélodieuses des jeunes filles et le dernier mot prononcé par Charlotte siffle dans le silence. Aussitôt, cette dernière toussote et murmure :

— Je vous prie de m'excuser, monsieur, j'ai mal à la gorge et je ne parviens pas à chanter.

Catherine du Pérou, qui assiste l'organiste, hésite. Doit-elle sévir pour ce bavardage et ce mensonge ? Elle aussi a été longue à s'adapter au silence imposé dans la maison. Elle décide tout de même de donner une leçon à Charlotte, un peu trop indisciplinée.

— Eh bien, Lestrange, puisque votre gorge vous fait souffrir, allez donc à l'infirmerie... vous distrairez un temps nos malades !

5

Charlotte déteste cet endroit. Elle n'a jamais été volontaire pour aller soigner les malades. C'est un lieu de mort effrayant. D'ailleurs Françoise de Saint-Martin et Catherine de Montmorant y sont mortes l'hiver dernier.

La cérémonie dans la chapelle et l'inhumation dans le petit cimetière où les croix blanches ne cessent d'augmenter avaient arraché des larmes à toutes les demoiselles de la communauté... Françoise n'avait que neuf ans et Catherine venait juste d'entrer dans la classe des jaunes lorsqu'une méchante toux et une fièvre élevée les avaient clouées au lit et emportées en deux mois.

Malgré les feux allumés en permanence dans les immenses cheminées, les murs des bâtiments suintent d'humidité. La faute en incombe à M. Hardouin-Mansart[1], qui a construit l'édifice dans un lieu marécageux sans s'occuper de drainer l'eau. De ce fait, elle s'infiltre sous les fondations et remonte par les sous-sols. Le salpêtre qui tache les murs et l'air putride favorisent l'éclosion de toutes sortes de maladies.

En pénétrant dans la vaste infirmerie, Charlotte constate avec soulagement que seulement trois lits sur les trente-six alignés sont occupés. Par chance, l'automne sec n'est pas propice aux maladies et aucune épidémie de petite vérole, ni d'exquinancie pestilentielle[2], n'a empli le dortoir.

Dans le premier lit, une fillette dort paisiblement. Une infirmière, agenouillée au chevet du deuxième lit, tamponne un front fiévreux d'un linge mouillé. Lorsque Charlotte se penche sur le troisième lit, dont le tissu de serge rouge est retenu aux quatre piliers par des rubans, elle reconnaît Jeanne de Montesquiou, l'amie de Louise. C'est l'occasion d'en savoir plus sur Louise.

— Jeanne ! Comment vous sentez-vous ? interroge Charlotte.

1. Jules Hardouin-Mansart (1646-1708). Architecte du dôme des Invalides, de la galerie des Glaces, de la Petite et Grande Écurie de Versailles, du Trianon de marbre, du château de Marly... Le célèbre architecte François Mansart était son grand-oncle.
2. Amygdalite aiguë.

— Mieux. La fièvre est tombée, mais sans Louise, je m'ennuie. Voulez-vous me faire la lecture ?

Charlotte se dirige vers le fond de la pièce où trône une grande armoire entrouverte. Elle contient des livres et des jeux divers, jeux de dames, d'échecs, de toton[1]. Elle laisse volontairement *Le Traité du blason* et *L'Estat présent de la France*, hésite devant *Le Voyage de l'empereur de Chine*, et opte pour les *Fables* de La Fontaine.

Elle lit en s'appliquant à changer de voix selon qu'il s'agit du loup, de l'agneau, du lion ou du rat. Jeanne rit et applaudit :

— Vrai, vous jouez bien la comédie ! Je m'en étais déjà aperçue lorsque vous aviez joué dans *Hérode et Marianne*. Vous étiez la meilleure !

Ce compliment ne laisse pas Charlotte de marbre. Elle adore jouer devant les autres et recueillir leurs applaudissements. Elle feint cependant la modestie pour s'attirer les bonnes grâces de la malade :

— Oh, non ! Nous sommes plusieurs à aimer jouer. C'est si divertissant d'interpréter un personnage.

— Je suis de votre avis. Déclamer *Les Conversations* de Mlle de Scudéry pour améliorer ma diction

1. Jeu de dés.

me lasse. J'espère bientôt jouer dans une vraie pièce.

Charlotte sourit. Jeanne a gardé le lourd accent du Sud-Ouest et elle devra beaucoup travailler pour le perdre.

— Vous avez le bonjour de Louise, ajoute adroitement Charlotte.

— Merci. Je m'entends bien avec elle. Elle vient me voir presque tous les jours.

Puis, craignant d'avoir trop dévoilé son amitié pour Louise alors que Mme de Maintenon souhaite qu'aucun lien fort ne se tisse entre deux filles, Jeanne enchaîne :

— Enfin, je m'entends bien avec tout le monde.

— Mais surtout avec Louise... et je vous comprends. Isabeau, Hortense et moi sommes aussi très amies, n'en déplaise à Madame.

Jeanne sourit, heureuse d'avoir une alliée, et Charlotte en profite pour attaquer :

— Vous connaissez la famille de Louise ?

— Non. Elle est orpheline, comme moi, c'est ce qui nous a rapprochées.

— Mais alors, qui a fait votre demande pour entrer dans la Maison Royale ?

— Mon oncle, le frère de mon père : Jean-Louis de Montesquiou-Artagnan.

— Et pour Louise ?

— Elle ne sait pas. Elle est arrivée un peu avant moi dans la première maison de Rueil. C'était en 1682, elle avait sept ans. Ensuite nous avons déménagé à Noisy, où nous ne sommes restées que deux ans, et nous sommes arrivées à Saint-Cyr en juillet 1686.

Les dates et les déménagements n'intéressent guère Charlotte. Elle soupire et continue son interrogatoire :

— Louise a-t-elle reçu des visites ? Du courrier ?

— Non. Elle prétend que, sans Madame, elle aurait continué à vivre au milieu des cochons et qu'elle serait restée une paysanne sans instruction.

— Justement, vous ne trouvez pas étrange que Madame veuille instruire une paysanne alors que nous avons toutes dû prouver au moins quatre quartiers de noblesse, qu'il a fallu que nous soyons présentées par nos parents et que l'évêque même signe un certificat de pauvreté ?

— Madame est une sainte, elle a fait une exception pour Louise.

— Mais pourquoi pour Louise ? Elle a certainement quelque chose de spécial.

— Vos questions me fatiguent. Laissez-moi dormir à présent.

Dépitée de n'avoir rien appris de nouveau, Charlotte va quitter le chevet de Jeanne, lorsque Mme de Maintenon entre dans l'infirmerie pour prendre des nouvelles des malades, comme elle le fait souvent. Apercevant Charlotte, elle s'approche et lui dit :

— Ah, Lestrange, je suis heureuse de voir que votre tempérament s'adoucit et que la charité pénètre votre cœur.

Charlotte se raidit. Si la marquise savait pourquoi elle est ici !

— Je... j'ai lu quelques fables à Jeanne et je...

— Il eût été préférable de lui lire une page de catéchisme, vous en auriez tiré vous aussi quelques bénéfices.

Charlotte se mord la lèvre inférieure. Mme de Maintenon saisit la moindre occasion pour lui rappeler que son instruction concernant la religion catholique n'est pas terminée. Il n'y a rien de plus agaçant.

— Eh bien, continue la fondatrice de la Maison, puisque vous êtes disponible, distribuez-leur le bouillon, puis vous les aiderez à se préparer pour la nuit.

Charlotte est certaine que Madame veut l'humilier en lui donnant cette tâche. Elle baisse la tête pour cacher sa colère et va se diriger vers la cuisine, lorsqu'elle sent la caresse légère d'une main sur sa nuque. Surprise, elle frémit. Se tromperait-elle ? Madame éprouverait-elle un peu d'affection pour

elle ? Ou cherche-t-elle par la douceur à lui imposer la religion catholique et les rigueurs de Saint-
Cyr ? Elle se raidit et se jure de ne pas se laisser
manipuler.

6

— Mesdemoiselles, annonce Mme de Maintenon un matin d'octobre aux jeunes filles de la
classe jaune, j'ai une nouvelle qui devrait vous faire
grand plaisir. Lors de votre dernière représentation
théâtrale, vous nous aviez interprété quelques
scènes d'*Andromaque* de M. Racine ; fort bien, je
dois le reconnaître. Mais ce texte mettant en scène
des passions coupables ne sera plus joué à
Saint-Cyr...

Un murmure déçu parcourt l'assistance. Charlotte
et Gertrude s'étaient beaucoup investies dans les
rôles d'Oreste et d'Hermione et avaient été félicitées par leurs compagnes. Après avoir goûté à
Andromaque, les jeunes filles n'ont plus du tout

envie d'interpréter les pièces un peu niaises de Mme de Brinon.

Mme de Maintenon lève légèrement la main pour réclamer le silence et poursuit :

— J'ai bien mieux à vous proposer. En mars, j'avais commandé une pièce à M. Racine[1]. Il l'a écrite spécialement pour vous. Elle ne sera jamais donnée par la Comédie-Française[2].

Les chuchotements reprennent, mais, cette fois, ils traduisent l'étonnement et la satisfaction. Une pièce de M. Racine, spécialement pour elles ? Voilà qui les flatte.

— Il s'agit d'une tragédie sainte tirée du récit biblique d'Esther. M. Racine a eu la bonne idée d'y adjoindre des chœurs, ce qui permettra au plus grand nombre de participer.

Des yeux brillent. Le théâtre est pour beaucoup d'entre elles la distraction favorite. Cette pièce les changera des conversations écrites par Mme de Maintenon qu'elles apprennent et récitent à longueur d'année.

— Monsieur l'historiographe du Roi nous en a fait hier une lecture, continue Mme de Maintenon, l'œuvre est admirable et il paraît que la musique

1. En 1689, Racine avait 50 ans. Il avait déjà écrit tous ses chefs-d'œuvre (*Andromaque, Les Plaideurs, Britannicus, Bérénice, Iphigénie, Phèdre*). En 1677, il renonça au théâtre, se maria et devint l'historiographe du roi.
2. La Comédie-Française avait été créée en 1680 par Louis XIV. Elle était située dans l'hôtel Guénégaud, au cœur de Paris.

de M. Moreau[1] la sublime encore. Je vous livre le dernier vers du prologue : « Tout respire ici Dieu, la paix, la vérité. »

Les dames de Saint-Louis et les maîtresses opinent du chef, satisfaites. Le thème retenu ne tournera ni la tête ni le cœur de ces jeunes filles, comme c'était le cas avec *Andromaque*. Au contraire, il élèvera leur esprit.

— Je laisse le texte à votre maîtresse pour qu'elle commence à l'étudier. M. Racine viendra vous en faire lecture cet après-midi même. J'espère que vous mesurez l'honneur qui vous est fait et que vous vous en montrerez dignes.

Dès que Mme de Maintenon quitte la salle, l'excitation jusque-là contenue éclate :

— Oh, ce que j'aimerais obtenir un rôle dans cette pièce ! s'exclame Gertrude de Crémainville.

— Vous aviez déjà le rôle principal dans *Andromaque*, remarque Olympe.

— Normal, vous étiez sublime ! s'enthousiasme Hortense. Moi je ne sais pas déclamer ainsi.

— Et vous, Charlotte, vous interpréterez certainement l'un des personnages masculins, poursuit Gertrude.

---

1. Le compositeur Jean-Baptiste Moreau (1656-1733) avait été nommé par Louis XIV maître de musique de la maison de Saint-Cyr.

— Jouer un homme me plaît. Je ne serais pas bonne dans le rôle de la femme soumise aux lois de Dieu et des hommes.

— En tout cas, c'est vrai que nous avons de la chance ! Jamais je n'aurais pu imaginer jouer un jour dans une pièce écrite pour nous par le plus célèbre des dramaturges ! s'écrie Isabeau.

— Hé, inutile de vous emballer toutes les deux ! leur lance Gertrude de Crémainville. Vous n'avez pas encore été choisies ! Nous sommes cinquante dans la classe jaune, et il n'y aura pas un rôle pour chacune.

Cette affirmation fait tomber leur enthousiasme. Catherine du Pérou, leur maîtresse, elle aussi chamboulée à la perspective de rencontrer M. Racine qu'elle admire beaucoup, les a laissées bavarder un peu. Elle connaît l'œuvre du Maître par cœur et, dans le secret de sa cellule, elle a souvent interprété *Andromaque*, *Bérénice* ou *Iphigénie*. Oh, comme elle regrette de ne pouvoir jouer dans *Esther* ! Mais approcher le grand dramaturge est déjà si merveilleux !

Perdue dans ses pensées, elle n'a pas suivi la conversation des jaunes. Elle caresse de la main le livret contenant la pièce et ordonne :

— Mesdemoiselles, regagnez votre classe en rang et en silence.

En montant l'escalier conduisant à l'étage, Charlotte souffle à l'oreille d'Isabeau :

— Il suffira d'être la meilleure !

Les jaunes s'installent, un ouvrage de broderie à la main. Catherine du Pérou les surveille du coin de l'œil, mais l'envie de découvrir la pièce avant tout le monde la tenaille. Le livret, posé sur sa table, la nargue. Son impatience est à son comble. Elle demande à Hortense de lire un extrait d'un texte saint et s'assoit à son bureau.

— Ne nous ferez-vous pas lecture de la pièce ? interroge Charlotte.

— M. Racine vous la fera lui-même cet après-midi.

— Mais vous, madame, vous allez la lire ? s'étonne Louise.

— Heu... oui... Il le faut pour... vous la faire apprendre, leur répond Catherine du Pérou mal à l'aise.

Aucune des jeunes filles ne fait de réflexion. L'obéissance est leur lot quotidien. Elles essaient tant bien que mal de se concentrer sur leurs travaux d'aiguille, n'écoutent pas Hortense et lorgnent de temps en temps leur maîtresse dont le visage exprime tour à tour la pitié, la colère, l'émotion.

La cloche annonçant le repas les surprend. Catherine du Pérou lève la tête et essuie discrètement une larme. Isabeau, qui a aperçu le geste, s'approche de la maîtresse et ose lui demander :

— La pièce vous a plu, madame ?

— Oui, beaucoup... C'est un texte... magnifique.

Prise en faute, la maîtresse des jaunes toussote, se reprend et lance d'une voix sévère :

— Allons, mesdemoiselles, descendons au réfectoire en silence.

Le dîner est un véritable supplice pour les jaunes. Après le bénédicité, elles avalent sans parler le potage servi dans les écuelles d'étain, manquent d'appétit pour le ragoût et se forcent à mâcher le gruyère.

Hortense ne partage pas l'impatience de ses compagnes. Jouer dans une pièce ne l'intéresse pas. Sa seule vocation est la prière. Aussi continue-t-elle à manger sagement ce qu'il y a dans son assiette. Elle apprécie les repas à Saint-Cyr, tant il est vrai qu'elle n'a pas toujours mangé à sa faim dans son enfance, ingurgitant plus souvent du pain recouvert d'une fine pellicule de beurre plutôt que viandes rôties ou poules bouillies. Le théâtre est le dernier de ses soucis. D'ailleurs, depuis qu'elle est à Saint-Cyr, elle aime à dire qu'elle n'a plus aucun souci.

Enfin, c'est l'heure de la récréation.

Les rouges et les vertes sortent dans le parc. Elles jouent aux quilles ou à colin-maillard pour se dégourdir les jambes. Les bleues de la dernière classe marchent dans les allées en discutant à voix basse. Mais toutes regrettent de ne pas assister à la lecture de la pièce. Les petites rêvent de grandir vite pour pouvoir elles aussi jouer la comédie, et certaines grandes sont chagrines d'avoir passé l'âge pour ce genre de divertissement.

Quant aux jaunes, elles se rendent rapidement dans leur classe, poussent les quatre longues tables de bois dans le fond et installent deux fauteuils près des hautes fenêtres. Heureusement, leur attente est de courte durée. Bientôt, Mme de Maintenon fait son entrée, suivie de monsieur l'historiographe du Roi.

Catherine du Pérou s'avance timidement et bredouille :

— Quel honneur, monsieur... Votre pièce est...

M. Racine balaie le début de compliment d'un mouvement de main qui enflamme les joues de la jeune maîtresse. Le Maître n'aimerait-il pas les compliments ? À moins qu'il ne tienne pour quantité négligeable ceux prodigués par une novice ?

Les jaunes se tiennent debout à une distance respectable des fauteuils où ont pris place Mme de Maintenon et M. Racine. Celui-ci ouvre le livret qu'il tenait à la main et commence sa lecture. Sa diction est parfaite et toute la classe est suspendue à ses lèvres. Parfois sa voix frémit pour exprimer la crainte, s'enfle pour libérer sa colère ou vibre d'émotion.

Et lorsqu'enfin il déclame :

Ô Dieu, par quelle route inconnue aux mortels
Ta sagesse conduit ses desseins éternels !

Les yeux des pensionnaires sont brillants de larmes contenues et le silence qui tombe sur l'assistance est celui du recueillement.

Mme de Maintenon reprend ses esprits la première :

— Merci, monsieur, pour ce texte admirable. Je gage que nos demoiselles emploieront toute leur grâce, leur modestie et leur piété pour le bien servir.

— Je n'en doute à aucun instant, Madame. Je précise qu'il manque à ce texte la partie chantée qui l'agrémente grandement. M. Moreau, maître de musique de la Chambre du Roi, vous la fera entendre prochainement.

— Ce divertissement sera certainement beaucoup apprécié par Sa Majesté qui a besoin de se changer les idées alors que la guerre fait rage[1].

Le soupir que pousse Mme de Maintenon montre à quel point elle partage les royaux soucis. Elle conclut en se levant :

1. Depuis 1688, la France était en guerre contre la ligue d'Augsbourg constituée par l'Autriche, l'Espagne, la Suède, quelques princes allemands, l'Angleterre et la Hollande.

— Monsieur, il ne reste plus qu'à vous remercier.

Aussitôt, les jeunes filles esquissent une révérence légère comme on le leur a recommandé pour marquer leur déférence envers un personnage haut placé.

Dès que Mme de Maintenon et Racine quittent la maison, la tension et l'émotion se libèrent en bavardages et exclamations joyeuses. Catherine du Pérou ne cherche pas à ramener le calme. Elle-même a du mal à cacher sa joie d'avoir rencontré le grand dramaturge.

— Jamais je n'ai entendu quelque chose d'aussi... poignant ! s'enthousiasme Isabeau.

— J'avoue n'avoir pas tout compris, s'excuse Hortense. Les tournures et les situations sont compliquées et certains passages me sont restés obscurs, mais dans l'ensemble, c'était beau.

— Je vous expliquerai, assure leur maîtresse.

— Et vous avez entendu ? Madame a affirmé que nous jouerions devant le Roi !

— Oh, non ! si je sens le regard du Roi sur moi, je ne pourrai même pas ouvrir la bouche ! se désole Louise.

— Quand commençons-nous à l'apprendre ? s'impatiente Gertrude.

— Dès demain. Lorsque vous connaîtrez le texte, chacune récitera une scène pour que M. Racine puisse choisir les meilleures.

— Comment oserons-nous parler devant lui ? interroge Isabeau, il a une si bonne diction.

— Il faudra travailler, travailler et encore travailler pour perdre votre accent provincial et votre habitude de parler trop vite en avalant certains mots.

— Jamais je n'y arriverai ! se lamente Isabeau.

— Ne soyez donc pas défaitiste, la bouscule Charlotte.

— De toute façon, vous ne pourrez pas toutes jouer un personnage, car si j'ai bien compté, il n'y en a que neuf dans *Esther* et vous êtes cinquante, explique la maîtresse. Mais M. Moreau viendra aussi choisir les plus belles voix pour les chœurs.

— Chanter, ce n'est pas pareil. Je préfère jouer la comédie, insiste Isabeau.

— Pour qu'on vous remarque ? lui lance Gertrude de Crémainville.

— Bien sûr que non ! se défend Isabeau.

Personne n'est dupe. Toutes rêvent d'interpréter l'un des rôles principaux pour être applaudies par le Roi et la Cour. Sauf peut-être Louise, qui préférerait le chant. Mais elle ne saurait dire si c'est pour passer inaperçue au milieu des autres choristes ou si, au contraire, c'est pour faire entendre sa voix dont M. Nivers, l'organiste, vante la pureté.

Le théâtre n'étant qu'un divertissement, il n'empiète pas sur le temps consacré à l'étude. Il est réservé aux récréations. Une seule entorse au règlement est tolérée : la lecture de textes saints, pendant les travaux d'aiguille de la classe jaune, est remplacée par celle de la pièce afin que chacune s'imprègne de son atmosphère. La maîtresse leur a expliqué l'œuvre et, à présent, elles en ont toutes compris les subtilités.

C'est Catherine du Pérou qui prend l'initiative de ces lectures. Elle compense le fait de ne pouvoir être sur scène en interprétant devant ses élèves tous les personnages à la fois. Elle soigne sa diction, s'applique à montrer la colère de Mardochée et d'Assuérus et le désespoir d'Esther. Elle y trouve tant de plaisir !

Parfois, les doigts s'arrêtent sur l'ouvrage et les demoiselles soupirent, lèvent les yeux au plafond, s'imaginent dans tel ou tel rôle, murmurent une stance et rêvent de l'instant magique où elles seront sur scène.

Presque toutes les nuits, alors que la lune éclaire faiblement le dortoir, Charlotte, assise sur son lit, répète à voix basse les vers que la maîtresse leur a lus dans la journée. Isabeau, sa voisine, la dispute :

— Dormez, sinon demain vous piquerez du nez pendant le sermon !

— C'est ce qui peut m'arriver de plus agréable. Les sermons de l'abbé Gobelin sont à mourir d'ennui ! ironise Charlotte. Comme l'existence ici, d'ailleurs.

— Toujours votre goût pour l'exagération !

— Non. Obtenir un rôle dans *Esther*, ce serait renaître à la vie ! Pour cela, il faut que je sois la meilleure !

— Ce ne sera pas simple. N'oubliez pas que nous sommes cinquante !

— Non. Quarante-trois. Hortense n'en veut pas, Jeanne a toujours des malaises et ne peut pas rester longtemps debout, Fournillon, Boisguyon et Chavigny sont si timides qu'elles ne parviendront même pas à ouvrir la bouche, quant à Marie d'Auga-Moussay et à Angélique d'Escoublant, leurs pics des Pyrénées leur raclent encore la gorge !

Isabeau sourit. Charlotte a bien observé chacune de ses compagnes.

— D'accord pour quarante-trois... Mais il n'y a que neuf rôles !

— Si vous partez perdante, vous n'avez aucune chance. Moi, je veux un rôle ! Je le veux, entendez-vous ? Alors dussé-je mourir par manque de sommeil, je les répète tous pour que M. Racine dise : « Cette demoiselle est la meilleure, elle aura le meilleur rôle. »

— Vous péchez par orgueil, mon amie.

— Dieu n'interdit pas de lutter pour gagner, si c'est en toute loyauté ! se défend Charlotte.

Cette maxime laisse Isabeau bouche bée et l'encourage à demander :

— Accepteriez-vous de m'aider ?

— Nous pouvons nous aider mutuellement en récitant les scènes et en nous corrigeant. Ainsi, vous m'apprendrez à mieux articuler, tandis que je vous préviendrai chaque fois que vous reprendrez votre accent du Sud. Mais pour ne pas diminuer nos chances, je vous propose de n'inclure personne d'autre dans notre petite association.

— Qu'est-ce que vous complotez toutes les deux ? s'informe Hortense.

Réveillée par les conciliabules de ses amies, elle vient d'écarter le rideau de son lit.

— Nous parlons de la pièce, souffle Isabeau.

— Ah ? je pensais que vous vous interrogiez au sujet de Louise.

— Louise est le cadet de nos soucis. Avoir un rôle dans *Esther* est beaucoup plus important !

— Maintenant que vous m'avez tirée du sommeil, je ne pourrai plus dormir, se plaint Hortense. Je peux venir parler avec vous ?

— Quel rôle aimeriez-vous jouer, Hortense ? demande Isabeau en écartant la couverture immaculée de son lit afin que Hortense se glisse à l'intérieur.

— Aucun. Déclamer devant tout le monde est au-dessus de mes forces. Déjà, lorsque c'est un exercice auquel on doit se livrer devant la classe, j'en ai des sueurs froides, alors devant la Cour... je mourrais de peur. De toute façon, Mlle du Pérou me reproche constamment mon accent.

— Si vous vous en donniez vraiment la peine, vous le perdriez facilement. Moi-même je fais des efforts pour que le mien disparaisse, assure Isabeau.

— Sans doute... mais mon accent, c'est tout ce qui me reste de ma Bretagne... Il y a si longtemps que je ne l'ai pas revue... Peut-être même ne la reverrai-je jamais. C'est un peu comme si je conservais ma terre natale dans la voix et...

Hortense s'arrête, submergée par l'émotion.

Isabeau passe un bras autour des épaules de son amie et, pour dissiper le malaise qui risque de s'instaurer si elles se mettent à penser à leur famille et à leur région, elle lance :

— Certains personnages n'ont que quelques mots à prononcer, mais le bonheur de faire partie de la pièce est le même.

— Je laisse ma place sans regret à celles qui apprécient cet art.

Hortense n'a sincèrement aucun goût pour le théâtre, mais pour ne pas fâcher ses amies, elle enchaîne :

— Et vous, Charlotte, qui aimeriez-vous jouer ?

— Assuérus, bien sûr. C'est un rôle pour moi.

— Silence ! crie soudain une voix. On veut dormir ! Si vous continuez, j'appelle la surveillante !

Les trois amies arrêtent leur bavardage et Hortense regagne son lit. Pourvu que ce nouveau projet ne vienne pas perturber la quiétude de sa vie...

La plupart des élèves se sont tellement investies pour apprendre le texte qu'elles le savent sur le bout des doigts et rivalisent d'application pour la déclamation. L'esprit de saine camaraderie qui régnait dans la classe avant l'arrivée de M. Racine, les plus fortes aidant les plus faibles, s'est émoussé. Pendant que l'une récite, une autre tousse pour la déconcentrer ou pousse un cri aigu en feignant de s'être piqué le doigt à son aiguille. Mlle du Pérou fronce les sourcils, mais refuse de croire à la méchanceté de ces demoiselles de haute naissance.

— Allons, reprenez, Crémainville, se contente-t-elle de dire.

Gertrude de Crémainville foudroie du regard Charlotte, secouée par une soudaine et étrange quinte de toux, et recommence sa tirade.

Isabeau donne un coup de coude à son amie pour lui montrer qu'elle n'apprécie pas sa façon de faire. Mais Charlotte lui glisse à l'oreille :

— De toute façon, elle zozote, elle n'a aucune chance !

Isabeau ne peut s'empêcher d'étouffer un éclat de rire. Gertrude proteste :

— Elles le font exprès !

Cette fois, Mlle du Pérou se fâche :

— Marsanne et Lestrange, je vous somme d'arrêter immédiatement ces enfantillages bien peu dignes de demoiselles élevées dans notre Maison Royale ! Si vous persévérez dans votre sottise, vous aurez droit à un blâme qui vous ôtera définitivement l'espoir de jouer dans la pièce de M. Racine.

Cette menace calme instantanément les coupables.

Hortense est honteuse pour ses amies. Comment peuvent-elles se conduire aussi mal dans le seul espoir d'obtenir un rôle ? Ont-elles perdu toute mesure ? Il faudra qu'elle essaie de persuader Charlotte que la vraie vie n'est pas dans le théâtre et se promet aussi de veiller à ce que la sage Isabeau ne se laisse pas entraîner dans un illusoire rêve de gloire.

— Excusez-vous auprès de votre amie, poursuit la maîtresse.

Charlotte, un rien frondeuse, et Isabeau, le rouge aux joues, se lèvent et demandent pardon à Gertrude qui en sourit de satisfaction. Charlotte n'est pas son amie et ne le sera jamais. Elle ne saurait expliquer pourquoi, mais elle ne l'aime pas et l'avoir humiliée devant la classe ne lui déplaît pas.

Mme de Maintenon est informée des rivalités qui se font jour entre les demoiselles de la classe jaune. Elle n'avait sans doute pas bien mesuré l'enjeu que représentaient pour toutes ces jeunes filles l'honneur d'interpréter la pièce écrite par un grand dramaturge et le bonheur de la jouer devant le Roi et les courtisans.

Pourtant, combien de fois ne leur a-t-elle pas répété qu'il n'y avait rien à envier à paraître à la Cour ? Qu'elles étaient mille fois plus heureuses dans leur Maison de Saint-Louis. Qu'elle-même y venait le plus souvent possible pour fuir les intrigues et l'existence trépidante de Versailles et que, si elle le pouvait, c'est parmi « ses filles » qu'elle choisirait de vivre.

Encore une fois, la marquise fait aux jeunes filles un petit discours sur la vanité, la noblesse du cœur, la jalousie, la soumission... mais malgré l'air contrit qu'elles adoptent, combien l'écoutent vraiment ?

Hortense, oui. Hortense partage les angoisses de Mme de Maintenon devant les roublardises dont sont capables ses compagnes.

La marquise conclut son discours en ces termes :

— L'attitude de certaines m'a profondément déçue et puisqu'il faut vous départager pour éviter de nouvelles manifestations de jalousie intolérables, nous allons trancher. Seules les demoiselles nées en 1674, c'est-à-dire celles qui n'auront pas encore quinze ans lors du carnaval de janvier 1689, participeront à la pièce. En effet, il nous a semblé que c'était le bon âge pour l'interprétation des rôles de cette comédie sainte. Il serait tout à fait déplacé que des demoiselles de seize ans qui vont entrer en classe bleue, et dont la plupart se destinent à devenir religieuses, se donnent en spectacle.

La colère de Madame, que toutes sentent poindre dans sa voix, ne permet à aucune d'exprimer sa joie ou sa déception. Pas le moindre murmure ne se fait entendre. Les jaunes, têtes baissées, acceptent la sentence.

Madame sort de la pièce dans un silence lourd et son pas déterminé s'éloigne dans le couloir. Mais dès que les jeunes filles sont certaines que la marquise ne peut pas revenir les surprendre, et contrairement au règlement, elles se mettent à caqueter. Mlle du Pérou, qui sait ce qu'elles éprouvent, les laisse parler quelques minutes.

Vingt-huit demoiselles se réjouissent d'être nées cette année faste, vingt-deux regrettent amèrement d'être déjà trop âgées.

— Quelle chance d'être née en 1674 ! lance Isabeau.

— Je n'en reviens pas encore, affirme Charlotte toute tremblante.

— Ce n'est pas juste ! J'ai un an de plus que vous et, de ce fait, jamais je ne jouerai devant le Roi ! se plaint Rosalie de Forban-Gardanne. Pourtant, je connais la pièce par cœur !

— Si je pouvais, je vous donnerais ma place, affirme Hortense, parce qu'à l'idée de paraître devant Lui, la tête me tourne.

— Moi, j'aurais tellement voulu chanter dans les chœurs, soupire Louise, mais je suis de janvier 1675.

— Oh, pour un mois, Madame fera peut-être une exception, l'encourage Isabeau.

— Une exception ? Et de quel droit ? Et pourquoi pas celles qui ont deux mois de plus ou celles qui ont deux mois de moins ! s'emporte Gertrude de Crémainville. De toute façon, nous ne pouvions pas toutes être sur scène... Madame a fait le meilleur choix.

— La pièce est si belle, se désole Louise, et j'aurais eu tant de plaisir à... mais vous avez raison, n'en parlons plus.

Isabeau pose une main compatissante sur le bras de Louise, mais Charlotte, elle, est en proie à un tel trouble que la déception de Louise ne la touche pas, aussi poursuit-elle :

— Après avoir étudié la pièce avec soin, je crois que c'est dans le rôle d'Esther que je me sentirais le mieux. C'est comme... comme si je récitais ma propre vie... parce que...

— Il suffit, mesdemoiselles ! coupe sèchement leur maîtresse.

Catherine du Pérou foudroie Charlotte du regard. Il ne manquerait plus que Lestrange fasse le parallèle entre la persécution des juifs décrite dans la pièce et la persécution des protestants par le Roi ! Tous ceux qui ont lu la pièce y ont pensé... mais se sont bien gardés d'en faire la remarque.

Pourtant, c'est exactement ce que Charlotte avait envie de dire. Comme Esther, elle ne renie rien. Elle fait semblant, mais, au fond de son cœur, elle reste fidèle à la religion huguenote.

Plusieurs fois déjà, M. Racine s'est déplacé à Saint-Cyr pour faire répéter les vingt-huit heureuses élues.

Avec patience, le dramaturge module les vers des longs monologues de la pièce, puis, une par une, les jeunes filles les répètent devant lui, afin qu'il puisse juger de la diction, du ton, de la présence de chacune.

Son visage semble impassible. Un mot écorché, un vers mal prononcé, un accent un peu traînant sont simplement sanctionnés d'un froncement de sourcil qui n'échappe pas à la fautive. Elle rougit. Parfois, elle bégaie, se trompe et termine péniblement son texte. La mort dans l'âme, elle se cache au dernier rang, comprenant qu'elle n'obtiendra aucun rôle.

Mais le cas est rare, tant les jeunes filles ont travaillé à mémoriser le texte et à parfaire leur diction.

M. Racine a une idée très précise des comédiennes qui doivent interpréter sa pièce. Il sait déjà que seize des moins brillantes chanteront dans les chœurs, tandis que les douze meilleures se partageront les neuf rôles. Trois feront office de remplaçantes.

Une semaine environ après que Mme de Maintenon a annoncé que seules les demoiselles nées en 1674 auraient l'honneur de jouer *Esther,* une novice vient chercher Louise pendant la récréation de l'après-dîner [1] en l'informant que Madame souhaite lui parler. Être demandée personnellement par Madame est rare. C'est soit pour une récompense exceptionnelle, soit pour une grave réprimande. En quelques secondes, Louise essaie de se remémorer

1. L'après-dîner correspondait à l'après-midi.

ce qu'elle a bien pu faire pour mériter l'une ou l'autre. Mais elle a beau se creuser la cervelle, elle ne voit pas. Isabeau, Charlotte et Hortense, avec qui elle était en train de jouer à colin-maillard pour tenter de se réchauffer, la regardent s'éloigner, vaguement inquiètes. Que peut bien vouloir Madame à Louise, si douce et si effacée ?

Il y a maintenant huit ans que la jeune fille côtoie, presque journellement, Mme de Maintenon. Elle a appris à la connaître et si la marquise n'a jamais fait preuve à son égard de marques exagérées de tendresse, elle n'a jamais été dure ou cassante. Aussi, c'est avec curiosité mais sans trop d'appréhension que Louise frappe à la porte du bureau de la marquise et entre lorsqu'elle en reçoit l'ordre. Madame est assise dans un fauteuil, le dos contre la cheminée où brûle une énorme bûche.

— Ah, Louise, j'ai beaucoup réfléchi à votre situation et j'ai pris une décision vous concernant.

Madame n'a-t-elle pas brusquement le dessein de la marier à un vieux noble de la Cour ? Ce serait affreux ! La jeune fille lève vers la marquise un regard affolé. Celle-ci s'en aperçoit et la rassure.

— N'ayez crainte, chère enfant, c'est une bonne nouvelle. Il m'a semblé regrettable que parce que vous êtes née en janvier 1675 vous ne puissiez participer à la pièce de M. Racine, et puisque vous avez une voix d'ange...

Le cœur de Louise vient de s'emballer et son visage s'empourpre sous le compliment.

— Si, si... votre voix m'émeut aux larmes lorsque vous chantez à vêpres et il serait dommage de priver le Roi de ce plaisir. Aussi, j'ai ordonné que vous soyez parmi les choristes.

— Oh, Madame, c'est une si grande joie et... un si grand honneur..., balbutie Louise en se jetant aux pieds de sa bienfaitrice. J'espère me montrer digne de votre confiance et...

Mme de Maintenon la relève rapidement et la chasse d'un geste élégant de la main :

— Allez, mon enfant, et que Dieu vous garde.

Lorsque Louise rejoint ses camarades dans le jardin, Isabeau n'est plus là. Elle vient de monter dans la classe des petites rouges pour aider Rose-Blanche de Peyrolles à apprendre le français, selon les ordres de Mme de Brinon. Mais Hortense et surtout Charlotte abreuvent Louise de questions :

— Alors que vous voulait-elle, Madame ?

— Me dire que je chanterais dans *Esther*.

— Vous n'avez pas le bon âge ! s'insurge Gertrude de Crémainville qui s'est approchée du groupe.

— Pour sûr. Seulement, Madame aime ma voix. Il paraîtrait même que le Roi l'apprécie, ajoute Louise en rougissant.

— Il est vrai que vous chantez magnifiquement bien, assure Hortense.

— Est-ce pour cette raison que Sa Majesté vous a remarquée lors de sa dernière visite ?

— Je l'ignore.

— Eh bien, vous voilà satisfaite ! grogne Gertrude de Crémainville. Vous n'avez pas l'âge requis et vous êtes tout de même dans la pièce.

Louise, gênée que cette faveur lui attire l'animosité de Gertrude, se défend maladroitement :

— Je n'ai sollicité aucun privilège... et, à présent, j'ai si peur de décevoir Madame que je crois que je ne pourrai émettre un son.

— Sornettes ! lâche Gertrude, furieuse.

— Celle-là, remarque Charlotte, elle est prête à tout pour être remarquée par le Roi.

Un après-dîner de fin octobre est convenu pour choisir définitivement les futures comédiennes en présence de Mme de Maintenon.

Prévenues la veille par leur maîtresse, les postulantes répètent encore et encore le texte, s'embrouillent, s'énervent, pleurent, se calment, recommencent.

Heureusement que Mme de Maintenon n'assiste pas à ces scènes ! Elle serait catastrophée de voir que le divertissement qu'elle a commandé à M. Racine pour donner aux demoiselles de grandes idées de la religion et élever leurs cœurs à la vertu produit le résultat inverse de celui escompté.

Charlotte et Isabeau n'ont pratiquement pas dormi, soit parce qu'elles se récitaient la pièce, soit parce que l'état d'exaltation dans lequel elles se trouvaient leur ôtait le sommeil.

Enfin, à quinze heures, la marquise de Maintenon et M. Racine entrent dans la classe des jaunes où les douze élèves privilégiées attendent, debout, sereines en apparence, mais bouillant intérieurement.

Elles passent une par une. Interprètent une scène ou un personnage. De temps en temps le dramaturge se penche vers la marquise, lui glisse un mot, parfois c'est elle qui se tourne vers lui et lui fait une réflexion.

Charlotte récite la longue tirade de la scène 1. Elle y met toute son âme. Le silence qui tombe à la fin de son interprétation et le visage imperturbable des deux spectateurs ne sont pas de bon augure. Aurait-elle mal joué ? Elle n'a pourtant trébuché sur aucun mot.

Isabeau et d'autres jeunes filles interprètent le même passage.

Racine et la marquise discutent à voix basse. Puis Madame demande :

— Lestrange, pouvez-vous nous dire la tirade d'Aman, acte II, scène 1 ?

Charlotte s'exécute et sert le rôle avec toute sa conviction. Après tout, ce n'est qu'un rôle de composition et jouer un traître, c'est quand même jouer.

Lorsqu'elle a terminé, M. Racine se penche vers sa voisine et lui souffle :

— Ne pensez-vous pas, Madame, que celle-ci incarnera bien Aman ?

La marquise acquiesce d'un hochement de tête que Charlotte surprend. Elle frémit. Aurait-elle le rôle d'Aman ?

Enfin, lorsque toutes sont passées, interprétant tour à tour divers personnages, Madame et M. Racine se retirent pour délibérer. Avant de franchir la porte, la marquise se retourne et leur dit :

— Nous sommes satisfaits de votre travail, maintenant nous allons nous concerter pour attribuer les rôles afin que l'ensemble soit parfaitement harmonieux.

Dès que les jeunes filles se retrouvent seules avec leur maîtresse, leur tension se libère.

— J'ai cru qu'aucun son ne franchirait ma gorge ! s'exclame Gertrude de Crémainville.

— Est-ce que j'ai été bonne ? s'inquiète Isabeau.

— Oh, oui, votre voix était si douce et si fragile ! la rassure Olympe. Et vous Charlotte, vous étiez admirable en Aman !

— Vraiment ?

— Oui. Et je suis même persuadée que c'est vous qui serez choisie.

— Jouer un fourbe n'est pas pour me déplaire, mais j'aurais préféré le rôle d'Assuérus.

— Ce rôle est pour moi, tranche Gertrude. Je suis la plus grande... et un roi se doit d'être le plus grand.

— Oh, moi, le rôle d'Asaph me suffirait, soupire Hortense.

— Dans quelques minutes, nous serons fixées.

Mme de Maintenon, légèrement souffrante, n'a pas pu se déplacer jusqu'à la Maison Royale, mais ne voulant pas manquer la première répétition générale, elle a convié ses filles à Versailles.

Les jeunes comédiennes traversent le jardin jusqu'à la porte de Saint-Cyr, chahutant et riant, tant elles sont heureuses de cette semi-liberté qui leur est accordée.

— Sortir d'ici, même pour quelques heures, quel bonheur ! s'exclame Charlotte.

— Moi, c'est l'idée de voir le château et les jardins qui me séduit le plus. Il paraît que tout est grandiose, avec de l'or, des peintures et du marbre partout ! s'enthousiasme Isabeau.

Hortense ne participe pas à la joie générale. Elle aurait préféré de beaucoup chanter dans l'anonymat des chœurs. La marquise de Maintenon en avait décidé autrement. Lorsque Madame avait lu son nom dans la liste des comédiennes retenues, elle avait pâli et bredouillé :

— Oh, Madame... pas moi... ce n'est pas possible... beaucoup de mes amies jouent mieux que moi.

— Certes, mais j'ai pensé qu'il fallait absolument vous ôter cette timidité maladive et le théâtre est une excellente thérapie.

— Ma diction est mauvaise, avait insisté Hortense.

— Ce n'est qu'une question de travail, et jouer devant le Roi vous motivera.

Revoir la scène est un supplice pour la Bretonne... et son supplice ne fait que commencer.

— Soyez attentives à ne pas tacher le bas de vos robes ! leur recommande Mlle du Pérou qui les accompagne. Il a plu cette nuit et l'allée est boueuse.

Elles prennent cette recommandation au sérieux. Elles ne veulent pas avoir l'air de souillons et espèrent faire bon effet lorsqu'elles croiseront des gens de la cour. Leur habit caractéristique les désignera déjà à tous comme les demoiselles pauvres élevées charitablement par le Roi, alors inutile d'ajouter la crasse à la pauvreté et de lire la pitié ou le mépris dans les regards.

Charlotte a relevé haut sa robe, découvrant ses mollets, et s'attire les foudres de leur maîtresse :

— Lestrange, vous vous distinguez encore par vos excès !

— C'est que, mademoiselle, j'ai envie de faire honneur à notre maison ! répond la jeune fille avec aplomb.

Catherine du Pérou hausse les épaules. Elle craint bien que cette remarque, venant de Charlotte, soit ironique. Tout le monde sait que la jeune huguenote ne se plaît pas à Saint-Louis, quoique, depuis qu'elle a été retenue pour interpréter Aman, elle trouve un charme nouveau à la fondation. La maîtresse ne sévit pas. Ce jourd'hui est exceptionnel.

Les demoiselles franchissent à pied la porte de Saint-Cyr et accèdent au Petit Parc où deux carrosses les attendent pour les conduire au château. Charlotte s'arrange pour monter dans le carrosse où Isabeau, Hortense, Adélaïde de Pélissier et Olympe de Bragard ont pris place, tandis que leur maîtresse s'installe avec Louise de Maisonblanche, Gertrude de Crémainville, Éléonore de Préault-Aubeterre et Henriette de Pusay.

— Jouer le rôle d'Esther, je n'en suis pas encore revenue ! s'exclame Isabeau.

— Vous avez tort, ce rôle vous va comme un gant, la félicite Olympe. Mais pourquoi Louise vient-elle avec nous puisqu'elle ne chante que dans les chœurs ?

— Elle a appris le rôle d'Élise pour remplacer Éléonore en cas de besoin. Et puis Louise a les faveurs de Madame et même... celles du Roi, ajoute Isabeau.

— Pourquoi dites-vous cela ?

— N'avez-vous donc point vu que Sa Majesté lui a caressé la joue lors d'une visite ?

— Si fait, je m'en souviens parfaitement.

— C'est pour le moins étrange, ne trouvez-vous pas ? Sauf si Louise est la fille d'un courtisan bien en vue ou si elle est déjà destinée à un grand mariage... Enfin, c'est ce que nous pensons, n'est-ce pas, Charlotte ?

Cette dernière n'a pas vraiment écouté le bavardage de ses amies, le visage tourné vers l'ouverture de la portière, elle ne veut rien perdre de la traversée des jardins et de l'animation qui y règne. De nombreux carrosses, des chaises à porteur et même un coche venant de Paris s'y croisent. Le parc est ouvert à tous, selon le vœu du souverain, et nobles, bourgeois, prélats, roturiers, courtisans se pressent en espérant apercevoir le monarque ou tout au moins admirer son palais.

Surprise, Charlotte s'arrache au spectacle et ment :

— Je crois bien que, bercée par les cahots des pavés et vaincue par la fatigue de plusieurs nuits sans sommeil, je commençais à m'assoupir. Que disiez-vous ?

— Que Louise avait un secret et que c'est pour cette raison qu'elle vient avec nous à Versailles.

— Sans aucun doute.

— Cela ne signifie rien. Je n'ai aucun secret et pourtant Madame m'a attribué le rôle d'Asaph, soupire Hortense.

Sa mine déconfite fait sourire ses amies. Isabeau, assise à son côté, lui passe un bras autour du cou et la réconforte :

— Vous n'avez que quelques lignes à prononcer à l'acte II et depuis que vous travaillez votre diction avec soin, votre accent a pratiquement disparu.

— Il reviendra dès que je serai devant le Roi. Madame me fait trop d'honneur et la décevoir serait si cruel pour moi !

— Ne pensez pas tant à Madame, pensez à vous ! la secoue Charlotte excédée par l'attitude soumise de Hortense. N'est-ce pas agréable de pouvoir enfin sortir de la maison, voir autre chose, rencontrer des gens, se distraire autrement qu'en brodant ou en chantant des cantiques ?

— Non. À Saint-Cyr, je me sens à l'abri. Le monde m'effraie et le théâtre... encore plus !

— Eh bien, pour une fois je donne raison à Mme de Maintenon, vous avez vraiment besoin de sortir de votre coquille ! se moque Charlotte.

Elle se tourne vers l'ouverture de la portière et reste bouche bée. La voiture longe à présent le Grand Canal où des chaloupes et des gondoles vénitiennes naviguent, tandis que la galère miniature attend un ordre pour larguer ses amarres.

— Regardez comme c'est beau ! s'exclame-t-elle.

Isabeau lui écrase la poitrine et Olympe lui broie le pied pour glisser à leur tour le regard par l'ouverture.

— Oh, oui, c'est magnifique ! s'enthousiasme Isabeau.

— Dire que sans cette pièce jamais nous n'aurions vu semblable merveille ! ajoute Olympe.

— Et voyez ce dôme, là ! leur indique Adélaïde en pointant son index vers un bâtiment octogonal. C'est la ménagerie.

— Une ménagerie ? s'étonne Hortense.

— Oui, elle contient toutes sortes d'animaux étranges. Ce sont souvent des présents de rois de pays lointains. Il paraît qu'il y a un éléphant offert par l'ambassadeur de Perse, une girafe et des tigres, mais il y a aussi des oiseaux dix fois plus gros que des pigeons, aux plumes multicolores, qui viennent d'Afrique, explique Adélaïde.

— Comment le savez-vous ?

— Un ami de mon père s'occupe des animaux. Certains sont féeriques et dépassent tout ce qu'on peut imaginer.

— Chez moi, en Vivarais, mon père avait des chevaux et des chiens, et ma mère une volière avec des colombes. Les animaux me manquent, murmure Charlotte. J'aimerais bien voir ceux-là, surtout s'ils sont aussi extraordinaires que vous le prétendez.

— Il ne faut pas y compter. Nous venons à Versailles pour répéter et non pour nous promener.

— Alors, je reviendrai seule ! s'entête Charlotte.

— Et comment ferez-vous !

— Je me débrouillerai.

— Ce que vous êtes agaçante à vouloir toujours faire mieux ou différemment que les autres ! s'emporte Olympe. Pour finir, vous ferez exactement comme nous toutes !

Charlotte se renfrogne, mais, intérieurement, elle se promet que les représentations terminées, elle viendra voir les animaux et toutes les merveilles du parc.

Quelques minutes plus tard, les carrosses se fraient un difficile passage dans la cohue et s'arrêtent dans la cour royale. Mlle du Pérou, qui n'est venue que deux ou trois fois à Versailles et que la foule angoisse, rassemble les jeunes filles autour d'elle dès qu'elles ont mis pied à terre.

— Ne vous éloignez pas, mesdemoiselles, les appartements de Mme de Maintenon sont sur la droite.

Déjà quelques messieurs ont remarqué les jeunes filles, reconnaissables à leur tenue.

— Ne sont-ce point les demoiselles de la Maison Royale ? demande un homme richement vêtu à un mousquetaire au chapeau emplumé.

—Si fait, ce sont bien les « Colombes » de Sa Majesté.

Aussitôt, le mousquetaire ôte son chapeau pour les saluer. Il est jeune. Isabeau rougit légèrement en esquissant un sourire timide.

— Quelle charmante enfant ! s'exclame alors le mousquetaire.

Effarouchée, Hortense baisse la tête et se cache derrière Mlle du Pérou qui pousse sa petite troupe vers l'escalier conduisant à l'appartement de Mme de Maintenon en ordonnant :

— Avancez, mesdemoiselles, et ne vous arrêtez sous aucun prétexte.

Charlotte la suit à regret. Elle donnerait cher pour pouvoir flâner dans le parc. Elle baisse les yeux sur sa jupe brune... « Non, pas ainsi vêtue », songe-t-elle. Mais avec la jupe de soie émeraude ornée de dentelle et le bustier brodé de fils d'or et d'argent qu'elle vient d'apercevoir portés par une jeune élégante, oui. Charlotte ne supporte plus ses vêtements ternes. Elle rêve de couleurs, de dentelles, de broderies. Si sa mère connaissait son attrait pour les parures, elle se fâcherait. La religion huguenote recommande la sobriété. Tant pis. Un jour, elle aussi portera une belle robe.

La marquise les accueille dans le grand cabinet.

Sa nièce, Mme de Caylus, assise sur un pliant, attend de pouvoir réciter le *Prologue de la Piété* que M. Racine a écrit à son intention. Elle n'a que seize ans et est déjà mariée depuis trois ans. Hélas ! son mari s'étant révélé un infâme soudard, on l'a rapidement envoyé combattre aux frontières.

Les demoiselles de Saint-Cyr apprécient beaucoup la comtesse, enjouée et bavarde, qui lors des répétitions apporte avec elle le souffle de Versailles et leur raconte les potins de la cour. Elle a leur âge, la liberté donnée par le mariage en plus.

Charlotte ne peut s'empêcher de trouver des points communs entre elles deux. Elles sont d'anciennes huguenotes, elles ont la passion du théâtre, et Charlotte rêve d'acquérir un jour la même indépendance.

Le Maître, quant à lui, est appuyé contre la cheminée.

— Ah, mes filles, je regrette d'avoir eu à vous faire venir parmi cette foule, mais je ne pouvais différer cette répétition et ma santé ce jourd'hui n'est pas bonne, s'excuse la marquise.

Catherine du Pérou l'assure que toute la Maison Royale prie pour son prompt rétablissement.

Mme de Maintenon remercie d'un sourire et enchaîne :

— Allons, mesdemoiselles, montrez-nous le travail accompli depuis notre dernière visite. Il faut maintenant avancer à grands pas. Décembre sera réservé à l'apprentissage des chants de Noël que Sa Majesté apprécie beaucoup et Carnaval sera ensuite vite là !

10

Décembre et sa froidure sont arrivés rapidement. Toutes les cheminées sont allumées dans la grande maison glaciale de Saint-Cyr, ce qui n'empêche pas l'humidité de s'infiltrer partout.

L'infirmerie s'est peu à peu remplie de fillettes qui toussent à s'arracher les poumons. Sœur Anna Josse, l'apothicairesse, fabrique sans discontinuer des drogues dont elle détient le secret. Elle utilise pour cela les plantes médicinales cultivées dans le jardin, pavot, guimauve, gentiane, anis, mélisse, et y mélange quelques produits achetés à l'extérieur comme la poudre de vipère, la réglisse, le kinkina[1].

---

1. Ancienne orthographe pour quinquina.

Pour l'instant, aucune des comédiennes jouant dans *Esther* n'est touchée par la maladie et les répétitions se succèdent. Deux jeunes filles chantant dans les chœurs sont alitées, mais leur absence ne nuit pas au bon déroulement de la pièce et elles espèrent être rétablies rapidement.

Un matin, Charlotte est appelée dans le bureau de la supérieure.

— Que me veut-elle ? s'étonne la jeune fille. Il me semble que depuis que nous travaillons sur *Esther*, on n'a rien à me reprocher et je suis aussi sage qu'une... image sainte dans un livre de messe !

Cette comparaison fait pouffer ses amies. Il est vrai que depuis que Charlotte a été choisie pour interpréter Aman, elle a perdu de sa morgue et semble moins rétive.

Elle frappe à la porte avec une certaine anxiété. Il ne manquerait plus qu'on lui retire le rôle ! Madame regrette peut-être de l'avoir attribué à une huguenote à qui l'on a arraché sa conversion. Oui, ce doit être cela. Elle entre, raide, prête à protester, même si elle risque le fouet.

— Ah, Lestrange ! s'exclame la supérieure. Vous avez été longtemps réfractaire à la discipline, mais on me dit que vous faites des efforts depuis quelques mois. Aussi je vous annonce que l'on vous accorde un parloir sollicité par vos parents la semaine de Noël.

Charlotte retient le sourire qui monte à ses lèvres. Les élèves de la Maison de Saint-Louis ne peuvent recevoir de visites que quatre fois par an lors des grandes fêtes religieuses et le Vivarais est si loin que, en deux ans, elle n'a vu personne de sa famille.

Elle va franchir la porte, lorsque Mme de Brinon ajoute :

— Adieu, Charlotte, et que Dieu vous protège.

Mais Charlotte est trop heureuse pour trouver cette phrase curieuse. Elle rejoint ses amies en récréation et leur lance :

— Mes parents viennent me voir !

— Oh ! quelle chance !

Isabeau n'a pas revu sa famille depuis son arrivée il y a trois ans, mais c'est surtout sa sœur qui lui manque. La jeune fille a reporté sur Rose-Blanche la tendresse qu'elle ne peut plus offrir à Victoire et, grâce à ses soins, la petite nouvelle a appris le français rapidement, ce qui lui a permis de s'intégrer facilement dans la classe rouge.

Hortense reste muette. Ses amies, même si elles sont pauvres, ne peuvent imaginer la détresse qui règne chez elle. Elle n'a aucune nouvelle de son père. Elle ne sait même pas s'il parvient à survivre dans le manoir familial en ruine.

— Vous n'auriez pas préféré que ce soit François qui vienne ? demande enfin Isabeau à Charlotte.

— Évidemment, mais c'est impossible... D'ailleurs, j'évite de penser à lui, sinon je deviens enragée ! Attendre cinq ans avant de pouvoir quitter Saint-Cyr avec la dot du Roi me paraît le pire des supplices alors que Marguerite de Caylus a été mariée à treize ans.

— Et vous jugez avantageux d'être déjà à treize ans dans le lit d'un homme de quarante ! s'indigne Isabeau.

— Pour moi ce serait différent puisque François est jeune et que nous nous aimons !

— Oui, mais pour une qui a cette chance, combien doivent supporter les caresses d'un vieux barbon ?

— Que vous êtes exigeante ! marmonne Hortense. Être instruite, nourrie, logée et vêtue pendant cinq ans ne me semble pas un grand supplice...

— Eh oui, ma douce amie, nous ne partageons pas le même idéal. Moi ce n'est point la pauvreté qui m'a conduite ici mais la religion. Je me demande si je n'aurais pas préféré que nous émigrions tous vers des terres plus hospitalières plutôt que d'être contrainte à renier ma foi huguenote. J'en veux à mon père de cette lâcheté et le revoir ne me procurera pas la joie que vous imaginez. Heureusement, je pourrai embrasser ma mère.

— Vous manquez de respect à l'auteur de vos jours. Votre père a agi pour le mieux, professe la sage Hortense.

— Non ! crie Charlotte, frondeuse.

Elle secoue énergiquement la tête et une mèche rebelle s'échappe de son bonnet. Elle la remet en place, juste au moment où la cloche des vêpres retentit.

Les jeunes filles entrent quatre par quatre à la chapelle, s'agenouillent devant l'autel puis s'assoient sur les bancs. Comme c'est très souvent le cas, Mme de Maintenon a déjà pris place dans le chœur.

À la fin de l'office, devant toutes les demoiselles et les maîtresses, elle annonce :

— Mme de Brinon vient de nous quitter. Elle s'est retirée dans un couvent. Nous la regretterons. Mme de Loubert la remplace.

Les jeunes filles échangent des regards étonnés. Comment la supérieure qu'elles aimaient et qui avait tant partagé avec elles a-t-elle pu partir sans même leur dire au revoir ? Cela dépasse l'entendement... À moins qu'elle n'ait été chassée par le Roi lui-même ? Mais pourquoi ? Elle était si bonne, si juste... Charlotte se souvient de ses dernières paroles. Mme de Brinon savait qu'elle ne reverrait plus « ses filles ».

Mme de Maintenon, le visage sévère, coupe court à leurs interrogations et, comme si le départ de celle qu'elle considérait comme son amie n'était qu'un incident sans conséquence, elle annonce le programme des fêtes du carnaval qui débuteront début janvier. Chaque année, cette période avant les Cendres est l'occasion de bals, de spectacles musicaux, de saynètes de théâtre qui secouent un peu les habitudes de la maison. Les rouges et les vertes ne peuvent retenir leurs cris de joie. Les jaunes se contiennent. Elles savent qu'*Esther* sera le clou de ce carnaval.

La pièce est répétée tous les matins. Les choristes dont les voix ont été étudiées, choisies et réglées par M. Moreau sont accompagnées au clavecin par l'organiste de la chapelle. Leurs chants se joignent à présent aux récitants et l'ensemble peu à peu approche de la perfection. La voix de Louise fait merveille. C'est, du moins, l'avis de Mme de Maintenon qui assiste le plus souvent possible aux répétitions et ne cache pas son impatience de produire ce chef-d'œuvre devant le Roi et la Cour.

Enfin, c'est la semaine de Noël et l'heure du parloir. Une élève de la classe des bleues, une « noire » — comme on appelle l'élite —, qui sert d'assistante aux maîtresses, vient chercher Charlotte pendant la récréation de l'après-dîner.

Lorsque Charlotte pénètre dans la pièce, son père et son frère sont déjà là, mais pas sa mère ni sa sœur. La jeune fille cache sa déception. Les consignes sont strictes. Pas d'effusions. D'ailleurs une novice surveille le bon déroulement de la rencontre et une sœur tourière[1] se tient derrière les deux hommes. Charlotte s'incline légèrement devant son père, qui lui embrasse le front. Un sourire pour son frère est suffisant.

Le silence s'installe.

Quelle conversation peut-elle avoir avec son père alors qu'elle n'a jamais échangé plus de trois mots avec lui ? Quant à son frère, son aîné de six ans, il la considère comme une gamine sans intérêt. Elle aurait tant aimé parler avec sa sœur ! Mais Héloïse, trop âgée pour entrer à Saint-Cyr, a sans doute été enfermée dans un couvent afin de devenir une parfaite catholique.

Et pourquoi donc sa mère n'est-elle pas là ? À elle, elle aurait pu ouvrir son cœur, lui dire qu'à Saint-Cyr elle se sent comme un oiseau en cage, qu'elle a du mal à s'habituer aux rites catholiques, qu'elle n'en peut plus de ce silence constamment imposé, que la liberté dont elle jouissait en Vivarais

1. Sœur chargée des contacts avec l'extérieur.

lui manque cruellement. Mais elle lui aurait dit aussi sa joie d'avoir Isabeau et Hortense comme amies, son bonheur d'apprendre et de jouer bientôt la pièce de M. Racine, son plaisir d'avoir vu les jardins de Versailles. Quoique... non, elle n'aurait rien pu dire de tout cela puisque la novice écoute les conversations.

Charlotte baisse pudiquement la tête et attend.

— Grâce à la recommandation de Monseigneur l'évêque de Viviers, un excellent ami, Simon a été engagé au service de M. de Pontchartrain, contrôleur général des Finances de Sa Majesté.

Charlotte se raidit. Son père, ami d'un prélat ? C'est inconcevable. Comment a-t-il pu abandonner ses convictions religieuses après avoir lutté vaillamment pour les conserver ? Elle espère que c'est une ruse... Elle réussit à articuler :

— Mes félicitations.

Son frère lui sourit. Il n'a plus rien du gamin moqueur et querelleur de leur enfance. Son visage s'est affiné et, dans ses habits bien coupés, il a fière allure. Elle parierait que son but, en venant à Versailles, est de trouver une épouse richement dotée.

— Votre mère est malade, poursuit son père, la poitrine, comme chaque hiver.

Charlotte lève un œil étonné. Sa mère, malade ? Cela ne lui ressemble pas. Elle a une santé de fer et elle ne se souvient pas de l'avoir jamais entendue tousser. Est-ce encore une feinte ? Mais si elle n'est pas souffrante pourquoi n'est-elle pas venue embrasser sa fille ?

— Transmettez-lui mes vœux de prompt rétablissement et assurez-la de mon affection, murmure Charlotte avant d'ajouter : Avez-vous de bonnes nouvelles d'Héloïse ?

— Excellentes, déclare son père.

Charlotte n'en saura pas plus ni sur sa mère, ni sur sa sœur, pourtant elle n'est pas satisfaite des réponses de son père. Elle jurerait qu'il a menti. La conversation languit et, avant la fin de la demi-heure autorisée, M. de Lestrange lâche :

— Eh bien, ma fille, faites honneur au nom que vous portez et que Dieu vous garde.

Le père, suivi du frère qui n'a pas ouvert la bouche, quitte la pièce, escorté par la sœur tourière. Il ne faudrait pas qu'ils s'égarent dans les corridors et tombent nez à nez avec une demoiselle que la rencontre de deux hommes au sein de la maison pourrait choquer.

Triste et désemparée, Charlotte regagne sa classe. Avant d'y pénétrer, elle se compose un visage joyeux. Ses camarades, qui toutes rêvent de quelques minutes au parloir avec leur famille, ne comprendraient pas sa peine et son tourment.

11

La Maison de Saint-Louis est en effervescence. Le Roi et le Dauphin seront là à trois heures. Le souverain est souvent venu à Saint-Cyr assister aux répétitions de ses « Colombes ». Il ne se lasse pas du spectacle d'*Esther*. Pourtant les jeunes filles ne s'habituent pas à sa présence. La peur d'oublier leur texte pour les comédiennes et la crainte de produire une fausse note pour les chanteuses les rendent fébriles.

Dans le corridor du dortoir des rouges, les ouvriers montent un théâtre et hissent les toiles de fond qui serviront de décor. Des dames religieuses les encadrent afin qu'aucun n'ait la malencontreuse idée de parler à une demoiselle.

L'installation n'étant pas terminée, la répétition a lieu dans la classe des jaunes où M. Nivers, l'organiste, a fait transporter le clavecin.

Dans leur dortoir, les jaunes mettent les costumes qu'elles ont elles-mêmes cousus grâce aux conseils de leur maîtresse : taffetas blanc pour les demoiselles du chœur, taffetas rouge pour celles qui interprètent la pièce. L'ensemble est simple et sobre.

Elles se remémorent à haute voix leur texte, s'encouragent, soupirent, s'obligent à respirer calmement alors que leur cœur s'emballe. Quelques grandes de la classe bleue les aident, et Mlle du Pérou les réconforte.

— Voyons, mesdemoiselles, calmez-vous ! On dirait que vous n'avez jamais joué devant le Roi.

— Oui, mais aujourd'hui, c'est la générale ! lance Charlotte.

— Justement, ce n'est pas le moment de perdre vos moyens en étant trop agitées.

— Qui sera là ? murmure Isabeau.

— Sa Majesté, le Dauphin, Mme de Maintenon et quelques grands de la Cour. Pas plus de dix personnes.

— Des... des grands de la Cour qui... qui ne nous ont jamais vues ? interroge Hortense la gorge nouée.

Mlle du Pérou sourit :

— Eh oui, au théâtre, on ne se produit pas toujours devant les mêmes spectateurs. De toute façon, vous connaissez les consignes. Ne jamais porter les yeux sur les personnes de l'assistance. Votre regard doit être soit largement au-dessus des têtes, soit en direction du sol.

Marguerite de Caylus venue de Versailles pour interpréter le *Prologue de la Piété* ne partage pas la nervosité des autres comédiennes. Elle les juge même un peu niaises d'avoir si peur de jouer devant le Roi. Elle y prend un énorme plaisir. La Cour, elle connaît, et Louis XIV ne l'impressionne pas. Pour détendre ses compagnes de théâtre, elle raconte des potins qui déclenchent quelques rires.

Aussi fébrile que ses actrices, M. Racine tourne dans les couloirs. Il sait pourtant que le souverain apprécie sa pièce puisque celui-ci en a décodé toutes les clefs. Il y a bien vu un hommage à sa grandeur et à l'amour qu'il porte à Mme de Maintenon. Mais son angoisse est telle que le Maître a refusé d'assister à la représentation de la salle, préférant l'ombre des coulisses.

Enfin, l'heure fatidique arrive.

Dans la salle de classe débarrassée des tables et des chaises, le Roi est assis entre Mme de Maintenon et le Dauphin. Derrière eux, deux hommes richement vêtus, deux ecclésiastiques et deux dames parées de tous leurs bijoux.

Mme de Caylus entre et récite à la perfection son prologue. Isabeau et Olympe suivent pour la première scène. M. Racine guide lui-même les jeunes filles du chœur pour qu'elles entrent au bon moment et prennent place correctement pour la scène 2... Tout se déroule à la perfection. Le Maître commence à se détendre. Et lorsque enfin le chœur chante :

Que son nom soit béni ; que son nom soit chanté,
Que l'on célèbre ses ouvrages
Au-delà des temps et des âges,
Au-delà de l'éternité !

Le Roi applaudit, immédiatement suivi par les autres spectateurs. Racine a été habile. En terminant ainsi sa pièce, il flattait Louis XIV sensible à cet éloge de sa grandeur.

Les jeunes filles saluent brièvement et vont se retirer, lorsque le souverain s'adresse à elles :

— Je vous remercie, mesdemoiselles, pour cette pièce que vous interprétez à ravir.

Toutes sentent la fierté leur rosir les joues. Un compliment de Sa Majesté... que pouvaient-elles espérer de mieux ?

— Il me semble pourtant qu'en cette période de carnaval vos tenues sont trop sobres. Pour incarner un monarque, il faut plus de magnificence. J'ordonnerai au costumier de la Cour de vous confectionner des tuniques dignes de cette comédie sainte et je vous ferai parvenir quelques ornements.

Le Roi promène son regard sur le groupe de jeunes filles, semble hésiter un instant, puis s'approche de Louise, qui, ne sachant plus que faire pour cacher son trouble, plonge dans une révérence exagérée.

— Vous avez une voix fort émouvante, mademoiselle.

Isabeau, placée à côté de son amie, la sent défaillir. Elle lui saisit discrètement le bras pour la soutenir. Louise, très pâle, a du mal à respirer. Le Roi ne s'aperçoit de rien et félicite à présent M. Racine et M. Moreau, puis s'éloigne, Mme de Maintenon sur ses talons.

Aussitôt, celles que Sa Majesté appelle ses « Colombes » se précipitent sur Louise comme des aigles sur leur proie :

— Oh, Louise, être ainsi remarquée, quelle chance ! s'exclame Gertrude de Crémainville.

— Il vous a adressé personnellement la parole ! Je n'en reviens pas ! s'étonne Adélaïde de Pélissier.

— Ne vous avait-il pas déjà caressé la joue lors de sa visite à l'automne ? interroge Olympe de Bragard.

— J'aurais tant voulu, moi aussi..., continue Gertrude.

— Moi, de toute façon, dans le rôle d'Hydaspe, je ne pouvais pas faire grande impression, se désole Éléonore de Préault-Aubeterre.

Louise ne répond pas. Appuyée contre le mur, elle est comme sonnée par l'événement et le babillage de ses compagnes ne fait qu'accentuer son malaise. Elle non plus ne comprend pas.

Jusqu'à ce jour, elle a enfoui au plus profond d'elle-même le premier geste de bienveillance que Louis XIV a eu à son égard. Elle n'a cessé de se répéter que c'était par hasard si Sa Majesté avait posé son doigt sur sa joue. Mais lorsqu'elle y réfléchit vraiment, elle se demande si le Roi ne lui a pas déjà manifesté son intérêt dans le passé...

À Noisy, alors qu'elle n'avait que sept ans, elle s'était empêtré les pieds dans sa robe et était tombée juste devant le souverain en visite à la fondation. Il l'avait gentiment relevée. Plus tard encore, lorsqu'elle avait eu si mal aux oreilles qu'elle était restée plusieurs jours à l'infirmerie, le Roi lui avait fait porter de la confiture. Elle avait pensé qu'Il agissait ainsi avec toutes les fillettes recueillies par Mme de Maintenon.

Mais, aujourd'hui, Sa Majesté s'est adressée à elle et pas aux autres. Pourquoi ? Qu'a-t-elle de spécial ? Elle ne mérite pas cette distinction. Oh ! pourvu que le Roi n'ait pas décidé de la marier avec un grand de la Cour, vieux, laid et vicieux. L'or et les fastes de Versailles lui font peur et le mariage encore plus.

— Encore Louise ! murmure Charlotte à l'oreille d'Isabeau. Elle a une jolie voix, d'accord, mais tout de même, les comédiennes ont plus fait pour la beauté de la pièce que sa voix, non ?

— Il y a vraiment un « mystère Louise », souffle Isabeau. Les répétitions nous l'avaient fait oublier et voilà qu'il resurgit.

12

Le théâtre est à présent terminé. Les toiles de fond représentant l'appartement d'Esther, la salle du trône et les jardins ont été peintes par le responsable des spectacles de la cour. Rien n'est laissé au hasard et ce qui ne devait être qu'un amusement de carnaval pour une poignée de demoiselles se transforme en un véritable divertissement royal.

Sur ordre de Sa Majesté, un costumier, des couturières se sont mis au travail pour créer des tenues prestigieuses. Et les jeunes filles sont heureuses de revêtir des costumes chatoyants et de se parer de bijoux sortis des coffres royaux.

— J'ai l'impression de rêver ! s'exclame Isabeau en fermant la broche d'or qui retient une cape tissée de fils d'argent.

— Et moi, n'ai-je pas l'air d'un roi ? se vante Gertrude en posant sur sa tête une couronne où brillent des pierres précieuses.

— Et moi d'une reine ? pérore Adélaïde de Pélissier en enfilant à son doigt une bague ornée d'un énorme rubis.

— Ah, mes amies, que vous êtes charmantes à vous esbaudir de tous ces colifichets ! s'esclaffe Mme de Caylus. C'est pourtant ce que porte chaque jour n'importe quelle courtisane pour se pavaner à Versailles !

— Pour nous, c'est si inattendu, que cela tient du conte de fées !

— Combien y aura-t-il de personnes ? interroge Hortense.

— Une trentaine... et des plus grands, sans compter les mousquetaires, les écuyers et les pages ! annonce Marguerite de Caylus. Il faut dire que depuis la générale Sa Majesté ne tarit pas d'éloges sur *Esther*. Du coup, tout le monde intrigue pour obtenir le privilège d'assister à une représentation. Il paraît que ma tante a refusé plus de cent personnes !

— Jamais je ne pourrai avancer sur la scène, j'ai déjà les jambes flageolantes, se lamente Hortense.

— Mais si ! assure Charlotte, agacée par les jérémiades de la Bretonne. À la générale, tout s'est bien passé.

— Venez voir ! lance Isabeau, le nez à la fenêtre. Encore un carrosse ! C'est au moins le dixième !

Charlotte s'approche et aperçoit un couple, suivi d'un écuyer qui s'avance sur le perron illuminé de centaines de bougies. Il n'est que seize heures, mais, ce 26 janvier, le ciel est bas et gris et il fallait bien donner un air joyeux à la maison qui accueille de si hautes personnalités.

Curieuse, Mme de Caylus vient jeter un coup d'œil et annonce :

— C'est M. de Pontchartrain. Leur nouvel écuyer est charmant. Il ravit Mme de Pontchartrain par ses bonnes manières et son joli minois, elle ne s'en sépare plus. À mon avis, il va faire des ravages parmi les écervelées de la cour !

La comtesse éclate d'un rire frais, alors que Charlotte se rembrunit. Elle vient de reconnaître son frère Simon.

Bientôt, la tension est à son comble dans le dortoir. Le Roi, le Dauphin et Mme de Maintenon se sont assis sur les premiers fauteuils, les invités se sont placés par ordre de bienséance. Les plus titrés et les évêques sont immédiatement derrière le souverain, les autres sont plus loin, ou debout. Tous jacassent comme s'ils étaient au théâtre. La plupart ne sont là que pour se faire voir et satisfaire le Roi, mais quelques messieurs viennent admirer de pures jeunes filles de quinze ans dont la réputation de fraîcheur et de beauté a franchi les murs de Versailles.

Charlotte s'est glissée derrière le décor pour observer discrètement l'assistance. Pas de doute, Simon est bien là, dans le fond de la salle. Cela lui fait plaisir, mais elle est en même temps gênée de jouer devant un membre de sa famille. Isabeau pousse son amie pour découvrir à son tour l'assistance :

— Oh, là, là... que de beau monde ! s'exclame-t-elle. Penser qu'ils viennent spécialement pour nous me met dans tous mes états.

Mlle du Pérou croit utile de rappeler :

— Allons, mesdemoiselles, ne péchez pas par vanité. Les grands du royaume ne sont pas là pour vous, mais pour la pièce de M. Racine.

En entendant son nom, le dramaturge frissonne. Il va d'une fente de la toile — d'où il guette l'installation du public — aux coulisses — où il vérifie le moindre détail du costume de ses comédiennes, leur donne les dernières recommandations, s'assure que les choristes ne sont pas enrouées, tremble à l'idée que Louise fasse une fausse note, se passe une main sur le front — et murmure pour lui seul :

— Ah, jamais je n'aurais dû accepter que des enfants jouent cette pièce. Si c'est un échec, j'en mourrai !

Mais il a tort de s'inquiéter pour Louise. Elle a si peur de décevoir le Roi qui a eu la grande bonté de la remarquer qu'elle refuse de se laisser dominer par son angoisse. Elle s'oblige à respirer et à souffler calmement. Elle doit être parfaite pour qu'Il ne puisse rien lui reprocher et qu'Il continue à lui témoigner des miettes d'attention. Ces miettes-là suffisent à combler sa vie.

Louis XIV donne un coup sec de sa canne sur le sol pour réclamer le silence. Rappelés à l'ordre, les spectateurs se taisent et la représentation commence.

Les scènes parlées et chantées se succèdent. Une fois de plus, le souverain est sous le charme d'*Esther* et toute l'assistance semble partager la même émotion. Entre les actes, tandis que M. Nivers interprète un intermède musical au clavecin pour laisser le temps à un technicien de changer le décor, les commentaires les plus flatteurs sont susurrés.

Dans les coulisses, c'est toujours l'effervescence :

— Comment était ma voix ? interroge Louise.

— À un moment, j'ai eu un trou, c'était affreux, se désole Isabeau, j'ai cru me trouver mal.

— Personne ne s'en est aperçu, prétend Charlotte.

— Faites attention, dit Olympe de Bragard à une choriste, vous m'avez bousculée en entrant.

— Et moi, je me suis pris les pieds dans la traîne d'Assuérus ! se plaint Charlotte.

Hortense est silencieuse. Il lui est arrivé une chose incroyable ! Elle ne sait pas encore exactement quoi. Mais elle en est troublée au plus haut point.

Elle n'avait que quelques phrases à prononcer à l'acte II et, pendant la tirade d'Assuérus, son regard s'est porté dans le fond de la salle au-dessus des têtes, comme Mlle du Pérou le leur avait recommandé... Mais une tête dépassait des autres et ses yeux ont croisé d'autres yeux. Des yeux pétillants et attentifs. Elle a failli en rater sa réplique : *Il voit l'astre qui vous éclaire.* Aussitôt prononcé, ce vers l'a perturbée comme s'il avait été écrit pour elle... Elle a vraiment eu l'impression que le regard du fond de la salle l'éclairait tout entière.

Pourvu que personne n'ait remarqué son émoi !

— Du calme, mesdemoiselles, ne perdez pas votre concentration, c'est à vous pour le dernier acte ! les exhorte M. Racine en se faufilant entre les groupes de bavardes.

Charlotte qui joue le rôle d'Aman et Adélaïde celui de Zarès entrent en scène.

Hortense comprime de la main les battements désordonnés de son cœur dont l'angoisse n'est plus la seule responsable. Heureusement, elle n'apparaît qu'à la scène 8 de l'acte III et n'a que quatre vers à réciter. En attendant son tour, elle ose un geste incongru... Un geste que sa raison réprouve, mais que son cœur lui conseille fortement. Alors que M. Racine s'éloigne un instant de la toile de fond, elle colle son œil contre la fente et observe les spectateurs. Enfin, surtout un. Le grand jeune homme du dernier rang. Il a un visage agréable et sérieux. Elle ne l'espionne que quelques secondes et en rougit de honte. Elle a le sentiment de commettre un péché grave. Pour qu'il lui soit pardonné, elle se promet de garder les yeux fixés sur sa partenaire et, lorsque le chœur viendra pour la dernière scène, elle s'arrangera pour se cacher parmi ses compagnes avant de disparaître dans les coulisses.

Pourtant, dès qu'elle est sur la scène, ses sages résolutions s'envolent. L'envie de croiser le regard de braise du jeune homme est trop forte. Elle se persuade que c'est dans le seul but de savoir s'il lui était spécialement destiné, ou si ce n'était que l'effet du hasard. Après tout, ce n'est peut-être pas elle qu'il dévisageait avec autant d'intensité, mais Gertrude assise sur son trône ! Après avoir réussi à déclamer ses quatre vers, un aimant l'oblige à lever les yeux vers le fond de la salle. Et leurs regards se rencontrent. Hortense détourne rapidement le sien, mais celui du jeune homme continue à lui brûler le front.

« Que m'arrive-t-il ? » pense-t-elle.

Le Roi applaudit, bientôt suivi par tous les spectateurs. Certains essuient furtivement une larme
que la fraîcheur et la sincérité des comédiennes ont
fait couler sur leurs joues. Les actrices saluent. Malgré la modestie qu'elles doivent afficher en toutes
circonstances, elles sourient, fières de leur succès.
Elles s'apprêtent à regagner rapidement le dortoir
leur servant de coulisses, lorsque la voix du souverain les arrête :

— Merci, mesdemoiselles, pour cet agréable
divertissement.

Pour remercier à leur tour le souverain de cet
éloge, elles plongent dans une révérence impeccable.

Racine, remis de ses craintes, quitte la protection du rideau et s'avance sur la scène pour recevoir, à son tour, les royales félicitations :

— Ah, monsieur Racine, cette comédie sainte est admirable, il faudra nous en écrire une autre pour le prochain carnaval.

Pendant que le Roi, Monseigneur le Dauphin et Mme de Maintenon font cercle autour du dramaturge, quelques gentilshommes se sont approchés des comédiennes. Chacun trouve un mot aimable pour louer une diction impeccable, un sourire charmant, un regard innocent ou un minois avenant. Mlle du Pérou, aidée d'autres maîtresses, essaie de protéger les jeunes filles de cette avalanche de compliments qui risque de leur tourner la tête. À vrai dire, les grands de la Cour sont tout émoustillés d'approcher autant de fraîches demoiselles, si bien élevées, si cultivées, si réservées ! Voilà qui les change de toutes ces donzelles sans cervelle qui fourmillent à Versailles.

Hortense, cachée derrière le groupe des chanteuses, cherche dans la foule le jeune homme entrevu quelques minutes plus tôt.

Soudain, il s'incline devant elle et murmure :

— Mademoiselle, permettez-moi de vous dire que vous avez la fraîcheur d'une fleur des champs et le charme de...

Il ne peut terminer sa phrase. La supérieure vient de se rendre compte que les consignes ne sont pas respectées. Elle frappe des mains et repousse avec fermeté les messieurs, qui n'osent insister, tandis que les maîtresses entraînent le troupeau des jaunes dans le dortoir.

Charlotte se retourne pourtant. N'était-ce pas son frère qui parlait à Hortense ?

Mme de Maintenon, qui a remarqué le remue-ménage, fronce les sourcils. Ce fâcheux incident ne doit, en aucun cas, se reproduire. À l'avenir, il faudra que les actrices quittent immédiatement la scène. Elle n'oublie pas qu'elle a en charge, non seulement l'instruction de ces jeunes filles, mais aussi leur pureté. Elles sont si innocentes qu'un contact trop fréquent avec les gens de la Cour ne pourrait que les gâter.

Hortense regagne le dortoir comme un automate. La phrase prononcée par le beau damoiseau tourne en boucle dans sa tête. Personne jamais ne lui a parlé d'une voix aussi douce et grave. Personne jamais ne l'a comparée à une fleur. Personne jamais ne l'a fait frémir de la sorte. Mais il est vrai qu'à part son père, aucun homme jamais ne l'a approchée. Elle ne peut s'empêcher de se demander : « Pourquoi moi ? Il y a des dizaines de filles plus jolies. Pourquoi n'a-t-il pas choisi Charlotte ou

Isabeau ? Veut-il m'humilier ? Se moquer de moi ? »

Sitôt ces hypothèses émises, elle les réfute : « Non, il avait l'air gentil et sincère. » Ses conclusions ne la réconfortent pas, au contraire, elle rougit de honte. Comment peut-elle oser émettre un avis sur un homme... et un inconnu qui plus est !

Dans le brouhaha, auquel elle ne participe pas, elle quitte son costume coloré.

— Nous avons été applaudies comme de véritables comédiennes ! se réjouit Charlotte.

— Mais nous sommes devenues des comédiennes. Nous avons tellement travaillé ! constate Isabeau.

— J'ai entendu ma tante dire que nous rejouions dans trois jours ! annonce Mme de Caylus.

— Quelle chance !

— La scène et les applaudissements, c'est tellement grisant ! avoue Charlotte.

— Et puis tous ces gens, pourtant habitués à des divertissements de grande valeur, qui nous ont félicitées... j'en étais toute chavirée ! lance Isabeau.

— Oui, mais certains nous ont dévisagées avec tant d'insistance que c'en était gênant ! ajoute Olympe.

Bien qu'elle s'en défende intérieurement, Louise est un peu déçue. Louis XIV ne lui a manifesté aucune attention particulière. Elle l'espérait pourtant... tout en le redoutant. Sans doute n'a-t-elle pas été assez bonne ? Elle se promet de travailler encore ses vocalises pour atteindre des notes encore plus hautes et ainsi être gratifiée d'un sourire ou d'un geste. À moins que Sa Majesté ne désire pas faire étalage de sa préférence devant toute la Cour ? Oh, que ne donnerait-elle pas pour savoir ce que le Roi attend d'elle...

— Pas gênant pour tout le monde, n'est-ce pas ? glisse Isabeau à l'oreille de Hortense.

Une bouffée de chaleur empourpre la Bretonne. Ainsi, Isabeau l'a vue en compagnie du jeune homme. Comment supporter cette honte qui l'envahit ? Elle se défend et répond à voix basse :

— Oh, si... c'est affreusement déplaisant.

— Il avait l'air charmant.

— Je... je ne sais pas... Je ne l'ai pas regardé.

Charlotte, qui vient de remettre sa robe brune à rubans jaunes, s'approche de ses amies. Un sourire coquin sur les lèvres, Isabeau lui souffle :

— Hortense a fait la conquête d'un charmant gentilhomme !

— Oh, non ! Pourquoi dites-vous cela ? réplique la Bretonne.

— Parce que c'est la vérité. Il avait vraiment la tête de quelqu'un qui vient de voir une apparition... une apparition qui se nomme l'Amour.

— Vous... vous êtes ridicule... je ne le connais pas et je ne le reverrai probablement jamais.

— Moi, je le connais, lâche brusquement Charlotte.

Un silence étonné suit cette affirmation. Isabeau reprend la première ses esprits et souffle :

— Non ?

— Si.

Certaine que Charlotte se vante ou va faire un bon mot pour les faire rire, Isabeau réplique, du défi dans la voix :

— Et qui est-ce ?

— Mon frère, Simon.

Victime d'un éblouissement, Hortense, qui enfilait ses bas, se laisse tomber sur le sol.

— Hortense ! crie Isabeau en se penchant vers son amie.

Furieuse de s'être ainsi laissée aller, la Bretonne se redresse rapidement, passe une main sur son front et répète, comme si elle avait mal compris :

— Votre frère ?

— Oui. Il est au service de M. de Pontchartrain depuis peu.

— Eh bien, voilà une excellente nouvelle ! s'enthousiasme Isabeau. Vous connaissez maintenant le nom de votre prétendant. Il est jeune, agréable, de bonne famille, et il est introduit à la Cour. Que souhaiter de plus !

Hortense ne répond pas. Elle ne sait plus du tout où elle en est. Heureusement, c'est l'heure de l'office du soir. La prière l'aidera sans doute à y voir plus clair.

CHAPITRE

14

Le 29 janvier, la maison de Saint-Cyr est à nouveau en effervescence. Les demoiselles vont donner leur deuxième représentation. Ces trois jours d'intervalle ont passé à la vitesse de l'éclair et elles ont eu beaucoup de mal à se concentrer sur leurs leçons ou leurs travaux d'aiguille.

Pendant les récréations, elles ont commenté cette fabuleuse journée du 26, donnant leurs impressions de comédiennes, insistant sur le plaisir qu'elles ont eu à jouer, sur leurs angoisses aussi, et ne rêvant que de recommencer. Parfois, pour être certaines de ne pas avoir de trou de mémoire, elles ont rejoué la pièce entre elles ou ont répété encore et encore certains passages délicats.

Hortense a été la seule à ne pas partager l'euphorie de sa classe. Elle n'a pas reparlé de Simon, et ses amies ont eu le bon goût de ne pas la questionner. Dans les heures qui ont suivi la fin de la pièce, il y a eu un tel charivari dans sa tête qu'elle a été incapable d'aligner deux idées valables. La prière l'a calmée et lui a permis de réfléchir. Elle a pris sa décision. Non, le regard de ce garçon ne la détournerait pas de sa vocation : entrer au service de Dieu et devenir dame de Saint-Louis.

Forte de cette décision, elle a trouvé le courage d'annoncer à M. Racine qu'elle abandonnerait son rôle au profit d'Henriette de Pusay qui n'avait pas encore eu la chance de jouer, mais celui-ci lui a rétorqué :

— Cela me convient. D'ailleurs, Pélissier est souffrante, et il me semble, mademoiselle, que vous êtes tout à fait capable de la remplacer dans le rôle de Zarès.

— Le rôle de... Zarès, a bredouillé Hortense, il est beaucoup plus long et plus difficile.

— J'ai confiance en vous, vous étiez excellente dans le rôle d'Asaph, et comme vous n'avez manqué aucune répétition, vous connaissez tous les rôles par cœur, n'est-ce pas ?

— Oui... non... je ne saurai pas !

— Il le faut ! s'est emporté le dramaturge. Vous aviez été prévenue qu'à tout moment vous deviez être apte à reprendre n'importe quel rôle. On ne peut pas annuler la représentation chaque fois qu'il y a une malade !

Hortense a passé la journée du 28 à apprendre son nouveau rôle, aidée par ses amies.

— Oh, pourquoi m'avoir choisie, alors que le théâtre m'effraie ! s'est plainte la Bretonne.

— Justement parce que cette peur refoulée donne à votre voix des intonations qui fendent le cœur, lui a expliqué Isabeau.

Hortense a haussé les épaules. Et voilà, à force de s'appliquer, elle donne l'illusion d'aimer jouer, alors qu'elle doit se faire violence pour paraître sur scène !

M. Racine est venu en fin de journée vérifier si Hortense possédait bien son personnage. Il l'a reprise une fois ou deux, a corrigé une intonation, mais avant de partir, il l'a encouragée :

— Eh bien, déclamez ainsi demain et ce sera parfait.

Deux cents personnes s'entassent dans la salle devenue trop exiguë.

Les jeunes filles sont tout aussi angoissées qu'il y a trois jours, mais si heureuses de revêtir leurs robes chatoyantes et de se parer de bijoux...

— Je sens que je vais être encore meilleure que la fois précédente, pérore Gertrude.

— Pas moi, dit Isabeau. Il y a de plus en plus de gens de haute condition dans la salle et cela me paralyse.

— Ils sont riches et nous sommes pauvres, dites-vous que c'est la seule différence, mais nos familles sont souvent de plus ancienne noblesse que les leurs.

Isabeau soupire. Ce n'est pas cette réflexion qui l'aidera à se détendre. Le brouhaha venant de la salle, les parfums entêtants qui se mêlent, le bruissement des étoffes de soie, quelques commentaires entendus ne font qu'augmenter son appréhension.

Racine, tout aussi soucieux que ses comédiennes, fait les cent pas dans les coulisses.

À tour de rôle, les jeunes filles viennent jeter un coup d'œil à la salle par la fente de la toile de fond. Mme de Caylus leur désigne les personnalités qu'elle reconnaît.

— Sur le fauteuil de droite, ce petit homme maigre, c'est le prince de Condé. À côté, les deux fils du Roi : Louis-Auguste, duc du Maine, et Louis-Alexandre, comte de Toulouse. Au second banc, les princesses Marie-Anne de Bourbon et Mlle de Nantes, derrière, la marquise de Sévigné à côté du maréchal de Bellefond, puis Mmes d'Auvergne et de Sully.

Certaines comédiennes poussent des cris de stupeur ou d'admiration en entendant des noms célèbres. D'autres demeurent sans voix.

Hortense, qui a revêtu le costume de Zarès, reste seule, assise sur un lit du dortoir. Elle a prétexté qu'elle avait encore besoin de répéter son texte pour ne pas s'approcher du rideau.

Quelques heures avant la représentation, elle a pourtant demandé à Mme de Caylus :

— Y aura-t-il les mêmes personnes que la première fois ?

— Ce serait étonnant ! Mme de Maintenon a une liste de plus de mille noms et n'a dû en choisir que deux cents !

Hortense a poussé un soupir de soulagement.

Mais Marguerite de Caylus a poursuivi :

— Ceux qui sont déjà venus ne sont pas prioritaires, sauf s'il s'agit d'une famille hautement estimée par Sa Majesté.

Le doute s'est alors immiscé en elle : les Pontchartrain en font-ils partie ? Et Simon sera-t-il avec eux ?

Elle prie pour que son regard ne se détourne pas vers le fond de la salle, pour qu'elle ait la force d'interpréter correctement son personnage... Mais peut-être ne la reconnaîtra-t-il pas dans son nouveau rôle ? Le mieux, évidemment, serait qu'il ne soit pas là.

Les comédiennes interprètent magistralement les actes I et II. Hortense, qui n'apparaît qu'au début du troisième acte, attend dans le dortoir debout entre deux lits. Pâle, les lèvres et l'estomac serrés. M. Racine passe le nez par l'ouverture de la porte et lui lance :

— C'est bientôt à vous !

Hortense répète mentalement le premier vers. Elle a l'impression que ses jambes ne la portent plus et que les battements désordonnés de son cœur vont s'entendre jusqu'au dernier rang. Charlotte, qui entre en même temps qu'elle, doit la pousser dans le dos pour qu'elle quitte la coulisse gauche. Hortense cligne un peu des yeux sur la scène illuminée de centaines de bougies et, sans plus réfléchir, s'appliquant uniquement à bien cadencer les vers, elle commence :

— *C'est donc ici d'Esther le superbe jardin...*

Mais dès qu'Aman lui répond, son regard, comme aimanté, s'envole vers le fond de la salle et accroche le regard sombre de Simon. Elle est perdue. L'air ne parvient plus à ses poumons. Elle va défaillir. Oh, pourvu que la tirade d'Aman dure, dure... Lorsque c'est à son tour, elle a une seconde d'hésitation avant que le vers ne lui revienne en mémoire. Elle enchaîne, bande toute sa volonté pour bien dire son texte, mais elle sent sur elle le regard de Simon, son phrasé devient plus saccadé, elle écorche un mot. Pour couronner le tout, Charlotte la foudroie d'un œil assassin. Et que sera-ce lorsqu'elle devra affronter le courroux de M. Racine ?

« Je suis perdue ! » pense Hortense à la fin de la strophe.

Une larme perle à sa paupière, puis d'autres suivent qu'elle ne peut arrêter.

Quelques dames essuient discrètement leurs yeux. Cette jeune fille joue à merveille la détresse de Zarès implorant son époux, l'émotion allant jusqu'à la faire trébucher exprès sur certains mots.

La fin de la représentation s'achève sous des applaudissements nourris. Les actrices et les choristes saluent et Hortense n'aperçoit plus Simon. Elle devrait s'en réjouir, pourtant bizarrement, elle éprouve un curieux pincement au cœur.

Cette fois, les maîtresses encadrent les jeunes filles et les dirigent rapidement vers le dortoir. Charlotte a ralenti l'allure afin de discuter seule à seule avec Hortense.

— Par votre faute, notre scène a été catastrophique !

— M. Racine ne m'a rien dit, se défend Hortense.

— Parce que vous avez arraché des larmes à quelques marquises qui l'ont ensuite félicité pour la justesse de votre jeu ! Mais je sais bien, moi, que ce n'était pas le cas ! Vous avez bégayé... comme... comme une débutante !

Hortense sait tout cela et n'a rien à ajouter.

Elles traversent, les dernières, le grand vestibule tendu de tapisseries d'Aubusson que le Roi a fait transporter de Versailles afin de réchauffer les murs humides de Saint-Cyr.

Soudain, une main retient le bras d'Hortense qui étouffe un cri :

— Chut ! c'est moi ! souffle Simon à demi caché derrière la tapisserie.

Hortense vire au rouge pivoine. Elle a levé les yeux un instant sur le visage du gentilhomme et y a vu le plus tendre des sourires et le regard le plus ardent qu'on puisse imaginer. Puis, honteuse, elle a fixé rapidement le sol.

Sachant que les secondes lui sont comptées, Simon met un genou en terre devant la Bretonne et murmure :

— Mademoiselle, dès que je vous ai vue, j'ai su que ma vie serait à vous. Faites de moi ce qu'il vous plaira, je vous obéirai.

— Mais... monsieur, bredouille Hortense.

— Dépêchez-vous, mesdemoiselles ! crie Mlle du Pérou en revenant vers les retardataires.

Simon a juste le temps de disparaître derrière une tenture.

15

Le soir, lorsque leurs camarades sont endormies, Isabeau se glisse comme à l'accoutumée dans le lit de Charlotte pour bavarder. Hortense fait semblant de dormir. Elle redoute d'affronter les critiques de Charlotte ou les moqueries d'Isabeau. Elle préfère être seule pour essayer d'analyser ce qui lui arrive. Mais son analyse tourne court. Comment imaginer qu'elle ait pu inspirer l'amour à un homme ? Comment admettre qu'elle-même fourmille d'un sentiment étrange qu'elle n'ose pas nommer ? Comment reconnaître qu'elle s'éloigne ainsi de ce qu'elle croyait être sa vocation ?

Elle retient tant bien que mal les sanglots nerveux qui la secouent. À qui dévoiler son trouble ?

À qui demander conseil ? À Mme de Maintenon si droite, si pure ? Jamais ! Ce serait avouer qu'elle a enfreint la consigne et qu'elle a levé les yeux sur un homme !

— Psst ! Hortense ! l'appelle Isabeau.

Elle tourne vers ses amies un visage noyé de larmes.

— Allez, venez, cela vous fera du bien de parler ! insiste Isabeau.

Hortense hésite, mais finit par quitter son lit pour sauter dans celui de Charlotte.

— Charlotte m'a tout raconté, attaque immédiatement Isabeau. Quelle chance vous avez ! Non seulement un garçon vous fait la cour, mais en plus c'est le frère d'une amie !

— Quel malheur, oui ! se plaint la Bretonne en reniflant.

— Quoi ! s'étouffe presque Isabeau. Un homme jeune et beau vous déclare sa flamme et vous n'êtes pas heureuse ! Si cela m'arrivait, je hurlerais de joie !

— Je ne veux pas me marier. Je veux devenir dame de Saint-Louis et servir Dieu !

— Dieu a bien assez de servantes, grogne Charlotte, il se passera de vous. La vraie vie n'est pas d'être cloîtrée dans un couvent, pas plus que de rester enfermée jusqu'à l'âge de vingt ans dans cette maison.

— Oh, vous, évidemment, vous êtes née rebelle, mais je ne partage pas vos idées ! s'énerve Hortense.

— C'est votre droit. Pourtant n'est-ce pas Dieu lui-même qui, par l'intermédiaire de Simon, vous envoie un signe afin de vous faire comprendre que vous n'êtes pas destinée au couvent.

— Vous croyez ? questionne la Bretonne, ébranlée par la théorie de Charlotte.

— Oui. Il est des hasards qui n'en sont pas. Simon aurait pu s'intéresser à n'importe laquelle d'entre nous. Nous étions plus de vingt sur la scène en comptant les choristes. Et c'est vous qu'il a choisie.

La colère de Hortense fond comme neige au soleil. Elle écoute à présent son amie avec attention.

— Il espérait rencontrer à Versailles une demoiselle richement dotée qui lui aurait apporté en héritage des titres et des terres et son cœur s'enflamme pour vous qui n'avez pas le sou et aucun espoir d'héritage.

— Justement, je ne suis pas celle qu'il lui faut.

— Certes, approuve Charlotte, sans compter que Simon est un ancien huguenot converti qui sera sans doute mal accueilli par votre famille.

Charlotte souffle le froid et le chaud et la pauvre Hortense, complètement désemparée, bredouille :

— Ciel ! C'est vrai... Vous... vous êtes huguenots !

Accablée par les problèmes qui s'enchaînent les
uns aux autres, elle se recroqueville dans le lit.

— Donc, convenons-en, vous n'êtes pas un bon
parti, poursuit Charlotte. Mais son cœur n'a pas
réfléchi et c'est vous qu'il souhaite épouser.

— N'oubliez pas que le Roi nous donnera trois
mille livres de dot le jour de nos vingt ans ! intervient Isabeau.

— Trois mille livres ! C'est ce que dépensent en
robes et en bijoux quelques demoiselles bien nées
en une seule année, lui rétorque Charlotte.

— Vous me contrariez avec vos discours. Tout
cela ne m'intéresse pas. Je voudrais que ce jeune
homme ne paraisse plus jamais à Saint-Cyr, qu'il
m'oublie et que tout redevienne comme avant.

— Et vous... avez-vous une... attirance pour lui ?
questionne Isabeau timidement.

Il n'est pas aisé de parler sentiment avec la prude
Hortense.

— Non. Aucune, répond-elle rapidement.

Pourtant la rougeur qui l'envahit et que ses
camarades ne peuvent pas percevoir dans le noir
certifie le contraire.

— Alors, n'ayez aucun souci. Mon frère n'est
pas homme à vous épouser contre votre gré. Je lui
ferai parvenir un billet pour lui expliquer, à mots

couverts, que vous refusez le mariage pour vous consacrer à Dieu.

— Oui, merci, souffle Hortense d'une voix à peine audible.

— Il sera sans doute peiné, mais d'autres filles, moins compliquées, ne tarderont pas à lui faire des avances. Mme de Caylus prétend qu'il a un succès fou à la Cour.

Hortense n'en peut plus. Elle pousse un soupir à fendre l'âme et, sentant les larmes couler à nouveau sur ses joues, elle sort précipitamment du lit de Charlotte et court se réfugier dans le sien.

— Qu'a-t-elle donc ? s'étonne Isabeau. Elle est malade ?

— Non. Amoureuse... et c'est une maladie dont il est bien difficile de guérir. J'en sais quelque chose.

— Vous voulez parler de François ?

— Oui. Il ne se passe pas une journée sans que je ne pense à lui et c'est un véritable supplice.

À son tour, Isabeau soupire. Ses deux amies sont amoureuses ; du coup, elle se sent seule. Durant plusieurs semaines, elle a épaulé Rose-Blanche et Gabrielle, mais toutes deux s'expriment à présent dans un français correct et n'ont plus vraiment besoin d'elle. Isabeau se console en se disant que d'autres fillettes arriveront encore du Languedoc et qu'elle devra les prendre sous son aile. Oui. Enseigner aux plus jeunes est sa vocation à elle. Quelle tristesse que sa sœur Victoire ne soit pas là ! Elles étaient si proches l'une de l'autre, si complices... Isabeau voudrait tant partager sa nouvelle vie avec elle et lui faire découvrir tout ce qu'elle a appris. Elle pourrait la choyer, l'embrasser, l'aider... et la présence de la petite comblerait le vide de son cœur. Mais viendra-t-elle un jour ?

16

Pour la représentation du 3 février, Hortense est plus morte que vive et alors que ses compagnes commencent à aborder ce spectacle dans la sérénité acquise avec l'expérience, elle continue à avoir les jambes flageolantes et le cœur au bord des lèvres.

Ne pas réussir à analyser avec justesse ses sentiments est la source de cette angoisse indéfinissable qui l'étreint.

Craint-elle de croiser le regard de Simon, d'entendre sa voix, de sentir sa présence et d'en être troublée ? Ou, au contraire, a-t-elle peur qu'il ne soit pas là et que ce vide dans le fond de la salle l'empêche de jouer correctement ? Doit-elle ignorer cet étrange sentiment qui naît en elle ou au contraire le laisser grandir ? La religion est-elle sa véritable destinée comme elle le pensait voici encore quelques jours ? N'est-ce pas plutôt l'amour d'un homme qui peut la combler ?

Comment interpréter correctement son rôle avec toutes ces questions sans réponse qui dansent la sarabande dans sa tête ?

Et comme si sa nervosité n'était pas suffisante, un événement nouveau est venu perturber les jeunes filles de la classe jaune.

Adélaïde de Pélissier, titulaire du rôle de Zarès et que Hortense avait remplacée le 29 parce qu'elle était malade, quitte Saint-Cyr. Mlle du Pérou le leur a annoncé le matin en leur fournissant de rares explications embrouillées.

— Elle est... morte ? avait presque crié Isabeau.

— Non, point... elle est en bonne santé, avait répondu Mlle du Pérou.

— Elle était pourtant à l'infirmerie le 29, puisque j'ai joué son rôle, avait ajouté Hortense.

— Elle n'y était pas. Madame a voulu l'isoler... pour... pour la punir d'une faute grave...

— Oh ! Et... elle est renvoyée, a conclu Isabeau.

— C'est cela. Elle a quitté Saint-Cyr ce matin même. Le Roi a eu la grande bonté de lui donner cent cinquante livres afin qu'elle puisse régler la diligence qui la ramènera chez elle.

— Qu'a-t-elle donc fait ? a interrogé Charlotte.

— Il ne m'appartient pas de vous le révéler, mais elle s'est mal conduite et a enfreint les règles de notre maison. Vous êtes élevées ici grâce aux largesses de Sa Majesté et cela se mérite par une attitude irréprochable. Que ce triste événement vous le rappelle chaque jour.

Pendant la récréation, alors qu'elles font semblant d'être occupées à une partie d'osselets, les jaunes, inquiètes, cherchent à élucider le mystère du renvoi d'Adélaïde.

— Pour être mise à la porte si vite, il faut que la faute soit grave, dit Louise. Depuis huit ans que je suis à la fondation, personne n'a jamais été renvoyé.

— Je la connaissais bien, elle aimait rire et bavarder, mais elle était pieuse, chantait juste à la chapelle et apprenait sérieusement.

— Nous demanderons à Mme de Caylus, décrète Charlotte, elle sait toujours tout et ne refusera pas de nous renseigner.

Lorsque Marguerite de Caylus arrive à Saint-Cyr, les jaunes attendent impatiemment qu'elle vienne les rejoindre dans le dortoir servant de foyer.

Enfin elle entre, déjà vêtue de la somptueuse robe commandée pour la circonstance. Elle aide aussitôt les unes et les autres à ajuster une coiffe, à

fermer un bustier ou à friser une mèche récalci-
trante. Charlotte profite du remue-ménage occa-
sionné par les préparatifs pour interroger la
comtesse :

— Savez-vous pourquoi Adélaïde a été renvoyée ?

Marguerite éclate d'un rire sonore qui fait se
retourner Mlle du Pérou. Heureusement, une choriste qui vient de déchirer sa tunique l'accapare
et Mme de Caylus, se rappelant soudain qu'elle
n'est pas à la Cour, murmure tout en attachant une
lourde broche d'or au vêtement d'Hortense :

— Elle a échangé quelques billets doux avec un
damoiseau croisé à Versailles quand vous y êtes
venues pour répéter.

— C'est tout ! s'indigne Charlotte.

— C'est tout. Mais c'est interdit lorsqu'on vit
dans la Maison Royale. D'après ce que l'on raconte,
les billets du garçon étaient assez polissons, ce qui
ne semblait pas déplaire à votre amie.

Ces propos libertins font rougir Hortense. La
jeune comtesse s'en aperçoit et, s'amusant de la
pruderie de son auditoire, elle poursuit :

— Visiblement, elle n'avait pas l'intention
d'entrer au couvent et était plus attirée par les plai-
sirs de la chair que par ceux de la prière. Ah, vraiment, vivre en recluse est à faire pitié ! Sans la
galanterie, la vie est insipide.

Hortense est décomposée. Ne risque-t-elle pas, elle aussi, d'être chassée de Saint-Cyr pour avoir échangé un regard avec un jeune homme ? Quelle honte ce serait ! Être renvoyée chez son père, pour avoir désobéi aux règles d'une maison qui l'héberge, l'instruit et la nourrit... plutôt mourir !

Elle s'isole dans un angle de l'immense dortoir et, à genoux, demande aux cieux d'éloigner d'elle toute tentation. Elle prie pour tomber malade à l'instant, ne pas interpréter son rôle et ne pas risquer de rencontrer le regard de Simon. Dieu l'exauce en partie. Des douleurs fulgurantes lui transpercent le ventre, des nausées lui soulèvent le cœur, la tête lui tourne, mais, lorsqu'elle s'en plaint à M. Racine qui guette derrière le rideau l'installation de la Cour, il lui répond d'un ton excédé :

— Tout le monde est dans le même état. Cela disparaîtra dès que vous prononcerez votre premier vers.

Comme cinq jours auparavant, Charlotte doit donner une petite tape dans le dos d'Hortense pour qu'à l'acte III celle-ci gravisse les trois marches conduisant à la scène. Hortense se raidit et, fixant le visage de Charlotte, elle parvient à déclamer sa tirade sans encombre. À présent, elle écoute distraitement celle d'Aman en luttant de toutes ses forces pour ne pas lever les yeux vers le fond de la salle. Comprenant l'anxiété de son amie, Charlotte se met légèrement devant elle afin de la masquer.

Dans les coulisses, M. Racine grogne :

— Pourquoi diantre Lestrange n'est-elle pas à sa place habituelle ? Elle gâche l'équilibre de la scène !

Hortense, abritée derrière Charlotte, récite son texte sans trébucher. De toute façon, son regard ne peut passer au-dessus de l'épaule de Charlotte et c'est très bien ainsi. Mais à la scène 2, elle n'a rien à dire et tandis qu'Hydaspe et Aman dialoguent, elle ne peut s'empêcher de jeter un coup d'œil vers le fond de la salle. Elle ne le voit pas. Serait-il caché par quelqu'un ? Son cœur, pourtant déjà mis à rude épreuve, s'affole dans sa poitrine. Elle risque un autre regard. Non. Simon n'est pas là. Elle soupire, son pouls ralentit en même temps qu'une grande faiblesse l'envahit. Elle se mord la lèvre jusqu'au sang pour ne pas s'évanouir.

La fin de la pièce est, comme les fois précédentes, saluée par les applaudissements généreux du souverain et des deux cents invités. Les comédiennes se retirent rapidement dans leur dortoir pour se soustraire aux avances de leurs admirateurs. Fières d'avoir réussi leur prestation, les filles se détendent en pépiant comme des moineaux.

Hortense, une fois de plus, s'isole. Elle ne partage pas la joie des autres et cela la chagrine. Elle devrait être heureuse d'être enfin délivrée du regard insistant de Simon. Elle devrait être soulagée de ne plus avoir à choisir entre son attirance pour le jeune homme et son désir de vie monastique. Elle devrait être contente de constater qu'il l'a oubliée. Et c'est tout le contraire. Elle a envie de pleurer... Et elle ne sait pas pourquoi... ou plutôt, elle refuse d'admettre les véritables raisons de son chagrin. Elle ôte ses bijoux et son costume avec des gestes lents, comme si elle était atteinte de paralysie. Charlotte, qui la surveille du coin de l'œil, s'approche d'elle :

— Vous avez vu, Simon n'était pas là.

— Vous... vous lui avez écrit pour lui dire... que... que je ne voulais pas de lui ? bredouille Hortense.

— Non. Je n'ai pas eu le temps.

— Alors ?

— Alors, M. de Pontchartrain n'était pas invité et il n'a pas pu venir, tout simplement.

— Ah, c'est cela ?

— Écoutez, Hortense, il faut prendre parti ! Lorsqu'il est là, vous vous pâmez d'angoisse et, lorsqu'il n'y est pas, vous défaillez de tristesse ! s'emporte Charlotte.

— Oh, non, qu'allez-vous imaginer ! Je posais simplement la question... pour... pour...

Charlotte hausse les épaules et, sans attendre les explications embrouillées de Hortense, elle rejoint Isabeau qui vient de l'appeler pour qu'elle l'aide à dégrafer son bustier.

17

Au matin du 5 février, Mme de Maintenon, qui a assisté à la messe à la chapelle de Saint-Cyr, comme elle le fait souvent, annonce aux jeunes comédiennes :

— Mesdemoiselles, ce jourd'hui, vous allez donner *Esther* devant deux rois : Sa Majesté Jacques II d'Angleterre en exil dans notre pays et la Reine Marie de Modène son épouse, et bien sûr votre bienfaiteur, sans compter des princes de sang, des cardinaux et des évêques.

Les yeux de quelques demoiselles brillent de joie, des sourires naissent sur leurs lèvres. Vrai, elles n'avaient jamais imaginé, en entrant si pauvres et si démunies dans cette maison, qu'elles côtoieraient les grands de ce monde. Pourtant, la peur de décevoir ces illustres spectateurs leur noue le ventre.

Mme de Maintenon regarde tour à tour les visages de ces jeunes filles qu'elle connaît bien et s'étonne :

— Je ne vois pas Louise de Maisonblanche.

— Elle est à l'infirmerie, lui explique Mlle du Pérou. Avant-hier, elle a commencé à souffrir de violents maux de gorge.

— Encore cette humidité ! soupire Mme de Maintenon avant d'ajouter : Sa Majesté sera déçue. Elle a beaucoup de plaisir à entendre Louise.

— Quelqu'un la remplacera.

— Ce ne sera pas pareil pour le Roi.

Si Mme de Maintenon se désole chaque fois qu'une élève s'alite, c'est la première fois qu'elle associe le Roi à son inquiétude. Isabeau, Charlotte et Hortense se glissent un regard interrogateur. Ainsi, elles n'avaient pas tort. Louise a quelque chose de plus que les autres. Mais quoi ?

Vers deux heures, les comédiennes qui se préparent dans le foyer aperçoivent une première voiture dans la cour.

— Qui donc arrive si tôt ? s'étonne Olympe.

— Quelqu'un qui veut être certain d'être bien placé, propose Isabeau.

— Non. C'est le médecin de Sa Majesté, leur apprend Mlle du Pérou. Il vient pour Louise.

— Le médecin du Roi pour une élève de Saint-Louis ? C'est étrange ! s'exclame Charlotte en espérant que leur maîtresse leur en dise plus.

Mais la maîtresse des jaunes se fait muette. Par chance, Marguerite de Caylus, coiffée et parée par sa femme de chambre, entre dans le dortoir et, surprenant la fin de la conversation, enchaîne :

— Il n'y a rien d'exceptionnel lorsqu'on connaît la vérité.

Mlle du Pérou fronce les sourcils. Elle s'est toujours doutée que Louise n'était pas une élève comme les autres et elle est certaine que Madame ne souhaite pas que le mystère de Louise soit divulgué. Mais comment aller contre la volonté de la nièce de Madame ?

Charlotte a perçu la désapprobation dans le regard de leur maîtresse, aussi se presse-t-elle d'interroger Marguerite avant que Mlle du Pérou ne trouve un prétexte pour mettre un terme à leur entrevue :

— Quelle vérité ?

Marguerite baisse la voix et chuchote aux trois demoiselles et à leur maîtresse :

— Louise est de sang royal !

— Non ? Louise serait la fille de Sa Majesté ? reprend Isabeau incrédule.

— Parfaitement. On murmure à la Cour que le Roi l'a eue avec une de ses nombreuses et secrètes maîtresses, mais, contrairement aux enfants nés de Mlle de Lavallière ou de Mme de Montespan, il n'a pas reconnu Louise.

— Oh, la pauvre !

— Il est vrai qu'elle n'a pas eu de chance. Mais la conscience du Roi ne devait pas être en paix et il a demandé à Mme de Maintenon de lui donner une éducation honnête.

— Voilà donc ce qui justifie les marques d'attention de Sa Majesté envers Louise, dit Charlotte.

— Eh oui, et c'est pourquoi M. Fagon est à son chevet !

— Louise ne sait rien ? s'étonne Hortense.

— Non. Peu de personnes partagent ce secret. Moi-même je n'en ai eu connaissance que par une indiscrétion de Mme de Brinon. Par contre, je vous prie de garder cela par-devers vous. Si ma tante apprenait que je vous ai mises au courant, elle serait furieuse ! Il paraît que le Roi me trouve trop bavarde et effrontée, mais la Cour serait d'un ennui mortel si l'on ne pouvait cancaner à son aise.

— Oh, il me semble que plus jamais je ne pourrai lui parler normalement, se désole Hortense. M'adresser à la fille du Roi sera tellement troublant.

— Il ne faut pas. Louise est bien plus misérable que vous. Vous pouvez prouver vos quartiers de noblesse et espérer un beau parti. Elle ne sera jamais qu'une bâtarde ne connaissant ni son père ni sa mère.

— Si on lui dit la vérité sur ses origines, elle sera fière d'être fille de Roi et oubliera la peine de n'avoir point de famille ! s'enthousiasme Isabeau.

— Je vous le défends bien ! Elle doit tout ignorer, c'est le vœu du Roi et de ma tante.

— Le mensonge est un péché, s'insurge Hortense.

— Nous ne mentons pas. Nous ne disons rien, ironise Marguerite.

Marguerite de Caylus se plaît beaucoup à servir de relais entre Versailles et Saint-Cyr. Elle aime à raconter les potins de la cour à ces fraîches jeunes filles, et à leur montrer les turpitudes de la vie en dehors de leur institution. Parfois, pourtant, leur naïveté et leur trop grande piété l'agacent. Elle aurait envie de les secouer un peu... Une nouvelle occasion lui est donnée et elle ne va pas la manquer. Afin d'être plus à l'aise, elle décide d'éloigner la maîtresse des jaunes :

— Oh, mademoiselle, lui dit-elle, j'ai oublié... ma tante vous mande près d'elle... Un détail à régler... Je crois que c'est urgent.

Débarrassée de Mlle du Pérou qui risquait de jouer les espionnes, elle reprend en s'adressant à Hortense :

— Savez-vous, mon amie, que l'on m'a confié une importante mission vous concernant.

— Moi ? se trouble Hortense.

— Vous ! Votre beauté, votre fraîcheur et votre innocence ont fait la conquête d'un cœur esseulé.

Hortense rougit. Elle a peur de comprendre. Elle voudrait se volatiliser sur l'heure et, surtout, elle voudrait que Marguerite ne dise rien devant les autres, ou alors qu'elle parle si bas qu'elle soit la seule à entendre.

Mme de Caylus s'apprêtait d'ailleurs à claironner la nouvelle pour taquiner la Bretonne, mais, devant son air affolé, elle la prend en pitié et lui murmure à l'oreille :

— Simon de Lestrange s'est épris de vous. Il n'en mange plus, n'en dort plus et ne supporte plus d'être approché par les damoiselles qui autrefois le distrayaient. Il repousse même la fille de la comtesse de Chevreuse qui avait un penchant pour lui.

— De grâce, madame, arrêtez ! supplie Hortense.

Devinant leur amie dans la peine, Isabeau et Charlotte, qui s'étaient reculées d'un pas par discrétion, se rapprochent.

— Je dois remplir ma mission, je l'ai promis, s'entête Mme de Caylus amusée par l'émoi de Hortense. Simon de Lestrange m'a donc chargée de vous dire qu'il vous aimait plus que sa vie et qu'il ferait sa demande en mariage à monsieur votre père si vous aviez un peu de sentiment pour lui.

La Bretonne porte une main à sa gorge sans qu'aucun son ne franchisse ses lèvres, puis sentant ses jambes se dérober sous elle, elle cherche des yeux un pliant pour s'y asseoir. N'en trouvant point, elle s'adosse contre le mur et enfonce ses ongles dans la tapisserie. Isabeau la soutient tandis que Charlotte lui déclare :

— J'en étais certaine. Je connais mon frère. Il est droit et sérieux et si c'est vous qu'il a choisie... rien ne l'arrêtera.

— Ce n'est pas possible... Je... je n'ai jamais songé à me marier... Et...

—Allons, le mariage est le seul état valable, intervient Mme de Caylus. Pas besoin d'avoir du sentiment pour celui que l'on épouse, au contraire, moins on en a, plus on a de liberté. Mon mari ne m'importune pas, il est à la guerre et je mène ma vie comme je l'entends.

Isabeau jette un regard étonné sur la jeune comtesse. Se marier sans amour lui paraît la pire des choses. Elle ne s'y résoudra jamais. À quoi bon s'instruire, se cultiver, si c'est pour abandonner le rêve de rencontrer un jour un homme galant et fortuné qui fera votre bonheur.

Charlotte, elle, croit bien avoir deviné qu'Hortense est amoureuse de son frère. Elle a perçu chez son amie les tourments qu'elle a elle-même endurés lorsqu'elle a rencontré François, son cousin. Mais ce qu'elle ne comprend pas, ce sont les hésitations de Hortense, ses scrupules à avouer ses sentiments. Comment peut-on préférer une existence morne et solitaire dans un couvent à celle que l'on partage avec un époux aimant ?

— Réfléchissez, poursuit Mme de Caylus, mais je lui ai promis une réponse ce soir.

M. Racine, qui vient d'arriver, interrompt leur conversation :

— Ah, rien ne m'est épargné ! se lamente-t-il. Adélaïde de Pélissier chassée de Saint-Cyr, Louise, la plus belle voix du chœur, malade, et maintenant c'est Olympe qui est souffrante... Cette représentation court au désastre ! Mme de Caylus, pouvez-vous ce jourd'hui reprendre le rôle d'Élise ?

— N'ayez aucune crainte, monsieur, je le connais parfaitement.

— Ah, vous me sortez d'un mauvais pas ! Je n'en attendais pas moins de vous. On dit partout que vous avez le talent d'une grande tragédienne et je partage cet avis.

Faussement modeste, Marguerite de Caylus rougit sous le compliment. Aucun autre ne pouvait lui faire plus de plaisir. Toutefois, espiègle comme à son habitude, elle ne résiste pas à l'envie de faire un bon mot afin de mettre Racine dans l'embarras :

— Oui, on me compare souvent à la Champmeslé[1].

Mais le dramaturge est trop anxieux pour relever l'allusion à sa vie privée.

Hortense est plus morte que vive. Isabeau lui serre la main pour la réconforter et Charlotte lui recommande :

— N'y pensez plus pour l'instant. Concentrez-vous sur votre texte. Il ne s'agit pas de l'oublier alors que deux souverains sont dans la salle.

Mais comment penserait-elle à son rôle alors qu'elle a l'impression que tous les problèmes lui tombent dessus en même temps ?

Doit-elle épouser Simon ? Son cœur qui bat la chamade dans sa poitrine lui souffle « oui ». Elle l'aime. Enfin, elle croit bien que ce sentiment bizarre qui la fait trembler lorsqu'elle l'aperçoit s'appelle l'amour. Pourtant sa raison lui crie « non » parce que cette union la détournerait de son idéal, celui auquel elle s'est vouée depuis l'enfance : « servir Dieu ». Et si elle était chassée de Saint-Cyr pour avoir osé accepter le mariage sans

1. Marie Desmares, dite la Champmeslé (1642-1698), tragédienne et maîtresse de Racine depuis 1670. Elle a interprété les grands rôles de ses pièces.

que le jeune homme lui ait été présenté par une tierce personne ?

Et comme les ennuis n'arrivent jamais seuls, elle pense aussi à Louise. N'est-il pas de son devoir de lui révéler sa filiation pour qu'elle comprenne que les marques de sympathie du Roi sont celles d'un père, sinon tendre, du moins attentionné ?

Dieu ne lui envoie-t-il pas ces épreuves pour mesurer sa foi ?

Et elle doit donner une réponse ce soir. Jamais elle ne pourra. Répondre non serait peiner Simon et cela lui déchirera le cœur et dire oui n'est-ce pas se précipiter dans les flammes de l'enfer ? Une nuit, Charlotte lui a affirmé que sa rencontre avec Simon était un signe des cieux pour l'éloigner du couvent. Elle ne demande qu'à le croire. Il faudrait qu'un nouveau signe divin lui montre la voie à suivre ! Elle décide donc que si elle n'aperçoit pas Simon aujourd'hui, c'est que Dieu l'aura choisie, tandis que si elle le voit...

Attendre le signe plus longtemps est au-dessus de ses forces. Connaissant maintenant l'existence de la fente dans le rideau, elle se faufile derrière le tissu pourpre et, le cœur battant, glisse un œil sur l'assistance. Mais comment apercevoir Simon parmi tous ces gens qui entrent, s'assoient, se relèvent pour saluer un nouvel arrivant, bougent, sortent, reviennent, s'effacent pour laisser passer la volumineuse robe d'une demoiselle, s'inclinent devant une dame...

Une voix susurre à son oreille :

— Il est là ?

Elle sursaute. C'est Charlotte qui l'a suivie.

— Non, il n'y est pas, murmure-t-elle.

L'étau qui lui emprisonnait le cœur se desserre lentement. Les cieux ont décidé pour elle.

Charlotte scrute à son tour le public qui s'installe et s'exclame :

— Si. Il est là. Au cinquième rang sur la gauche à côté d'une dame à la robe verte.

Hortense se recule, pousse un cri étouffé et se recroqueville contre un pilier du décor.

Agacée par l'attitude de son amie, Charlotte la sermonne :

— Vous mettre dans un état pareil est inutile. Il ne vous épousera pas de force !

Puis, pour amener un sourire sur le visage tendu de Hortense, elle plaisante :

— Cela m'aurait pourtant plu de vous avoir pour belle-sœur ! Vous auriez peut-être même réussi à me faire aimer la messe !

Contre toute attente, ces propos font se redresser la Bretonne et illuminent son regard. Mais oui ! Dieu lui a envoyé Simon pour qu'elle convertisse

cette famille huguenote à la religion catholique !
Après la tempête qui l'avait conduite au bord de
l'évanouissement, un grand calme l'envahit. Elle
sait maintenant ce qu'elle a à faire.

CHAPITRE

18

Les comédiennes ont quitté leur costume et leur parure et, revêtues de leur robe brune à rubans jaunes, elles s'apprêtent à assister aux vêpres. Lorsqu'elles sortent du dortoir, en rangs par quatre, Marguerite de Caylus retient Hortense par le bras. Isabeau et Charlotte s'arrêtent aussi. Mlle du Pérou jette un regard lourd de reproches à la nièce de Mme de Maintenon qui l'a éloignée tout à l'heure sous un prétexte futile. Que va-t-elle encore inventer pour perturber les jeunes filles ? La maîtresse n'ose imposer sa présence. Elle ralentit simplement la marche des jaunes afin de ne pas arriver à la chapelle sans le groupe au complet.

Décidément, depuis que le théâtre et la Cour sont entrés dans la maison, rien n'est plus comme avant.

La sérénité en a disparu et un vent de folie s'y répand. Hortense, plus que toute autre, est malmenée par ce vent. Elle pourrait s'abandonner à ce tourbillon de joie et laisser grandir l'amour qui naît en elle, mais elle lutte, persuadée que tout ce bonheur qu'elle entrevoit n'est pas pour elle.

Marguerite de Caylus, loin de se douter de ce qui torture la jeune fille, minaude :

— Alors que dois-je dire à votre soupirant ?

Hortense rougit, se trouble, heurtée par la désinvolture de Marguerite devant un choix qui lui paraît, à elle, si grave.

— Si ce mariage ne vous convient pas, ne vous inquiétez pas pour lui, il trouvera sans peine une autre promise.

Marguerite souffle à l'oreille d'Hortense, pour la choquer et la faire rougir encore plus : « Quant à l'amusement, ma couche lui est ouverte ! »

— Oh ! madame ! s'indigne effectivement la Bretonne.

— Je plaisantais, Hortense, car je vois bien que ce garçon vous plaît. Je pense même que vous êtes faits l'un pour l'autre. Mais vos atermoiements m'irritent et c'était une façon comme une autre de vous pousser à agir.

Hortense reste de marbre. Elle, la timide, la sérieuse, la prude, comment connaîtrait-elle les petites roueries d'une habituée de la Cour ?

— Alors ? s'impatiente Mme de Caylus. Quand je pense que, depuis que vous vous êtes montrées sur scène, ma tante a reçu plus de dix propositions de mariage de gentilshommes riches et bien nés attirés par la candeur des filles de cette maison et que vous faites la difficile lorsqu'un damoiseau souhaite vous épouser, c'est à n'y rien comprendre !

— Quoi ? s'étonne Isabeau. Des gentilshommes s'intéressent à de pauvres filles comme nous ?

— Pauvres, mais jeunes, jolies, sans aucune malformation ou tare, pieuses, bien élevées et donc aptes à porter les enfants qui assureront leur descendance.

— Et savez-vous quelles sont celles qui ont été choisies ? interroge Charlotte.

— Pour l'heure, ce n'est point le sujet qui nous préoccupe. J'ai déjà été trop bavarde. Ma tante risque d'en prendre ombrage et de m'éloigner de cette Cour si divertissante. Mais vous serez surprise en découvrant les noms. Alors, Hortense, que dois-je dire à votre galant ? s'impatiente Marguerite de Caylus.

Hortense se tourne vers ses amies pour chercher leur soutien. Une phrase, un mot qui l'aident à avouer ce qui lui semble inavouable.

Isabeau lui serre le bras et le regard de Charlotte l'encourage. Sa décision est prise, mais l'exprimer au grand jour est si difficile !

— Dites-lui que... c'est oui ! murmure-t-elle rapidement.

— À la bonne heure ! Je suis contente d'être la messagère d'une aussi agréable nouvelle ! À présent, je me sauve, sinon je serai en retard pour les appartements[1].

Dès que Mme de Caylus s'engouffre dans son carrosse, Hortense est prise d'un étourdissement et s'effondre sur le dallage, pâle comme un drap. Isabeau lui tapote les joues. Elle ouvre les yeux aussitôt, et sourit.

— Ce n'est rien... c'est... l'émotion. Je vous en supplie, n'en parlez à personne.

— Nous serons muettes ! promet Charlotte en tendant la main à son amie pour la remettre sur pied.

— Oh, Hortense ! Je suis si heureuse pour vous ! s'écrie Isabeau. Vous voilà pratiquement fiancée... et avec le frère d'une amie.

— Je... je n'ai pas l'impression que ce qui m'arrive soit réel... c'est plutôt comme un rêve... mais je dois avouer que... oh ! j'ai honte... je crois que je suis heureuse...

— Quelle honte y a-t-il à être aimée ? s'écrie Charlotte. Aucune, je vous l'assure, et vous venez

---

1. À Versailles, tous les lundis, mercredis et vendredis, avaient lieu les « appartements ». On y jouait aux cartes, au billard, on donnait des concerts en présence du Roi et de la Reine.

d'entrer dans l'état le plus doux et le plus cruel au monde : l'amour.

— Je vous en prie, Charlotte, n'employez pas des mots si... crus... Je n'ai pas l'habitude. Je me contente de dire que je suis heureuse et cela me semble déjà monstrueusement... indécent.

— Comme vous voudrez.

— Je vous envie, Hortense, dit Isabeau. Il me plairait tant, à moi aussi, d'aimer, d'être aimée et de faire un beau mariage.

— Je ne doute pas que mon frère soit amoureux de Hortense et que cet amour soit partagé, mais pour le beau mariage... c'est autre chose... Mon frère n'a pas encore une situation lui permettant d'entretenir correctement une maison avec femme et enfants, et les catholiques ont détruit, pillé et volé la plupart de nos biens.

— L'argent ne m'intéresse pas. Je n'en ai jamais eu, se défend Hortense.

— L'amour est encore plus beau lorsqu'il est désintéressé, professe Isabeau.

— C'est exact. Pourtant, si Hortense veut obtenir la dot royale, il lui faudra attendre d'avoir vingt ans... Et cinq ans, c'est fort long lorsqu'on aime... j'en sais quelque chose. D'un autre côté, impossible de se marier sans dot. Ah ! Croyez bien que j'ai étudié le problème sous tous ses aspects. J'en arrive à la conclusion qu'être amoureuse lorsqu'on est une demoiselle de Saint-Cyr est la pire des situations, déclare amèrement Charlotte.

— Vous prétendiez le contraire, il y a quelques minutes, s'étonne Isabeau.

— Hélas ! L'amour est plein de contradictions. Il est doux et terrifiant à la fois. Je n'y peux rien. C'est ainsi... Mais si nous ne voulons pas une sévère remontrance, ajoute-t-elle en désignant le bout du corridor, il nous faut courir vers la chapelle.

Et, pour atténuer un peu la dureté de ses paroles, elle termine avec malice :

— Après vous, chère belle-sœur !

Hortense est tellement soulagée d'avoir pris sa décision qu'elle éclate d'un rire frais et soulève le bas de sa jupe pour courir plus à son aise. Mlle du Pérou fronce les sourcils. Elle donnerait cher pour connaître la teneur de la conversation que les trois jaunes ont eue avec Marguerite de Caylus. Aussitôt elle se reproche sa curiosité et pousse la porte de la chapelle d'un mouvement brusque.

19

Isabeau a sollicité la permission de se rendre au chevet de Louise. On la lui a accordée sans difficulté.

Contrairement à Charlotte, Isabeau ne déteste pas l'ambiance de l'infirmerie. Elle aime soulager les malades ou les distraire en leur lisant des histoires. Mais, aujourd'hui, elle rend visite à Louise avec une arrière-pensée : voir la fille du Roi. Naïvement, elle se dit qu'elle la regardera différemment et qu'elle décèlera peut-être chez elle quelque chose de... royal.

Louise, enfiévrée, somnole. Isabeau la dévisage, lui trouve une mine bien pâle, des joues creuses, des yeux cernés, comme toutes les autres fillettes allongées dans les lits voisins. Elle lui pose une main sur le front et ce geste réveille Louise, qui sourit en apercevant Isabeau.

— La représentation s'est bien passée ? s'informe-t-elle.

— Oui. Mais votre belle voix a manqué dans les chœurs.

— Merci, c'est gentil.

— Comment vous sentez-vous ?

— Un peu mieux.

— Le médecin est venu ?

Louise se trouble, tousse, hésite, et finit par murmurer :

— Le médecin de... Sa Majesté. Il m'a tâté le pouls et m'a saignée. Il n'a examiné que moi... puis il est reparti...

Louise saisit la main d'Isabeau et poursuit :

— C'est curieux, ne trouvez-vous pas ? Pourquoi moi ? Pourquoi le Roi s'intéresse-t-il ainsi à ma si modeste personne ? Oh, si c'est pour me marier à un vieux baron afin que je lui fasse des enfants, je préfère mourir tout de suite.

À cette pensée, le visage de Louise s'empourpre et des gouttes de sueur perlent à son front.

— Calmez-vous, Louise, lui conseille Isabeau en trempant un linge dans une cuvette d'eau posée sur une table de chevet et en lui tamponnant les tempes.

Mais Louise pleure, s'agite et marmonne :

— Non, plutôt mourir... mourir...

Isabeau ne réfléchit pas longtemps et décide de tout révéler à Louise. La vérité risque de la blesser, mais moins que cette incertitude qui l'anéantit. Elle se baisse et chuchote contre l'oreiller.

— Louise... le Roi s'intéresse à vous... parce que vous êtes... sa fille.

La main de Louise se crispe sur le drap. Son souffle devient plus court et ses yeux prennent une étrange fixité. Isabeau s'affole. La nouvelle ne va-t-elle pas achever sa compagne ?

— Louise, Louise, remettez-vous !

Comme si elle voyait soudain une lumière au fond d'un tunnel, Louise sourit faiblement et répète doucement :

— Sa fille ? Sa fille ?

— Oui. C'est Marguerite qui nous l'a appris. Elle le tient de Mme de Brinon qui l'a appris de Mme de Maintenon. Louise, vous êtes fille de Roi !

Louise accuse encore une fois le coup de cette révélation et, après plusieurs longues minutes de silence, elle reprend :

— Oh, je comprends tout, à présent : ses signes d'affection, ses sourires discrets... et... ma mère ?

— Je ne sais rien à son sujet.

— Dommage... Mais j'ai déjà un père... Peut-être qu'un jour, je finirai par découvrir qui elle est... Ah,

Isabeau quel bonheur vous me donnez ! J'ai l'impression de naître ce jourd'hui... J'ai enfin un père comme vous toutes.

— Je pense qu'il est préférable que personne ne soit au courant.

— Bien sûr. Mais la vie maintenant m'apparaît beaucoup plus belle et je vais me battre pour guérir... Pour qu'Il ne soit pas triste par ma faute et pour pouvoir, à l'avenir, m'appliquer en tout et Lui faire honneur. Quant à ma mère... j'ai un vague souvenir d'elle... une jeune femme blonde venue me voir chez ma nourrice. Mais je gage qu'il ne sera pas aisé de la retrouver sans risquer de fâcher le Roi... heu... mon père. Oh, ce mot est si difficile à prononcer pour moi.

— Je le conçois aisément...

En partant, Isabeau n'ose pas adresser un signe amical de la main à Louise, la fille de Louis le Grand. Elle sourit simplement, soulagée d'avoir libéré son cœur, pourtant une pensée la taraude : a-t-elle bien fait de dévoiler ce secret ? Ne risque-t-elle pas d'en payer les conséquences ?

20

Esther est encore jouée à Saint-Cyr le 9, le 15 et le 19 février 1689.

Simon, de plus en plus apprécié par M. et Mme de Pontchartrain, s'est débrouillé pour ne manquer aucune des représentations. Pourtant, le 15 et le 19, le couple n'est pas invité, alors Simon a employé la ruse. Empruntant, à prix d'or, son habit à un mousquetaire de la garde royale, il a pu entrer dans la Maison Royale et se faufiler derrière une colonne d'où il a suivi la pièce. Charlotte l'a reconnu et a averti Hortense de la métamorphose de son frère. Se sachant aimée et aimant à son tour, Hortense a pris de l'assurance et a déclamé son texte à la perfection. M. Racine l'a félicitée.

Le carnaval aurait dû se poursuivre, comme à l'accoutumée, jusqu'au Mercredi des Cendres, hélas ! la mort de la reine d'Espagne, nièce du Roi, met fin aux représentations.

Les jeunes actrices ont beaucoup de mal à renoncer à ces spectacles qui rythment leur vie depuis deux mois. Finie l'angoisse qui les étreignait avant de monter sur scène, mais fini aussi le bonheur d'être admirées et applaudies. Finis les costumes chatoyants et les riches bijoux. Envolé ce sentiment de vivre plus fort, plus intensément. Disparue la fierté de jouer devant le Roi et les grands de la Cour. À présent, tout leur semble fade, terne, sans attrait, et l'on entend des soupirs s'échapper des poitrines des jaunes.

— Comme le théâtre me manque ! s'exclame Charlotte un soir alors que les trois amies sont, une fois encore, réunies dans le même lit pour bavarder à leur aise.

— Oh, oui... depuis que nous ne jouons plus, je m'ennuie à mourir, se plaint Isabeau.

— Moi, ce n'est pas la scène qui me manque, soupire Hortense, c'est Simon... Le regard de Simon.

Il y a quelques jours encore, jamais la Bretonne n'aurait osé exprimer si clairement ses sentiments. Mais l'amour l'a transformée.

— Tel que je le connais, il se débrouillera bien pour vous faire passer un billet de temps en temps ! la rassure Charlotte.

— Surtout pas ! Souvenez-vous de ce qui est arrivé à Adélaïde de Pélissier ! Si j'étais moi aussi chassée de Saint-Cyr, je n'y survivrais pas. Je préfère être sans nouvelles de Simon plutôt que de le perdre définitivement.

— Hier, Éléonore et Gertrude ont été appelées au parloir, sans doute pour être présentées à un gentilhomme, dit Isabeau.

— Oui. Éléonore me l'a confirmé. Elles étaient toutes les trois debout derrière la grille de bois et ont vaguement aperçu un homme qui les observait. Mais pour l'instant, elles ignorent laquelle a été choisie. Éléonore espère que ce n'est pas elle. Elle l'a trouvé bien vieux et déjà appuyé sur une canne.

— J'espère n'être jamais appelée au parloir, soupire Isabeau. Et pourtant, maintenant qu'aucune représentation ne nous distraira, les jours vont nous sembler longs. Mais entre épouser un vieux marquis et la vie à Saint-Cyr, je préfère la deuxième solution.

— Moi, je ne supporte plus d'être enfermée et surtout de ne voir personne en dehors de nos maîtresses et de Mme de Maintenon, dit Charlotte.

— Il faudra pourtant bien s'y habituer à nouveau.

— J'avais fait des efforts, mais depuis que j'ai goûté à la joie de côtoyer du monde, je ne le peux plus. La vraie vie est dehors. J'ai entendu Mme de Maintenon dire à notre maîtresse que Monseigneur le Dauphin donnait en mai un grand divertissement à Versailles. J'y serai, affirme Charlotte avec aplomb.

Isabeau étouffe un cri de surprise sous la couverture avant de demander :

— Et comment ferez-vous ?

— J'ai tout calculé. Savoir que l'on s'amuse et que l'on danse si près de nous quand nous devons nous contenter de prières et de cantiques me fait bouillir.

— Nous apprenons aussi à danser le menuet, riposte Hortense.

— Danser entre filles sans aucun public, ce n'est pas vraiment danser. Et puis je veux admirer les jeux d'eau des fontaines du Roi, les feux d'artifice, les bosquets, les gondoles sur le canal, la ménagerie, le palais et ses merveilles... Tout !

— Vous rendez-vous compte que si cette extravagance est découverte, vous serez chassée de notre maison ? s'inquiète Isabeau.

— Être renvoyée est mon souhait le plus cher, alors autant l'être pour quelque chose qui me procurera du plaisir... Assister à une fête à Versailles comme n'importe quelle demoiselle bien née me semble un motif tout à fait valable.

— Vous... vous ne parlez pas sérieusement ? s'indigne Hortense.

— Si fait. Je vais peaufiner mon plan pour parvenir à mes fins.

— Vous êtes devenue folle ! s'emporte Isabeau.

— Peut-être. Folle d'être enfermée entre les murs de Saint-Cyr. J'ai tenu mon projet secret pour ne point vous troubler et parce que tant que nous jouions *Esther* la vie n'était pas désagréable, mais c'est une idée mûrement réfléchie et je ne peux attendre plus longtemps pour la mettre à exécution.

— À Versailles avec votre robe brune et vos rubans jaunes, vous ne ferez pas un pas sans être repérée.

— J'aurai une belle robe, des chaussures fines et des bijoux.

Charlotte se doute que cette affirmation éveille la curiosité de ses compagnes et elle s'amuse à dévoiler son plan par bribes afin de les faire languir.

— Marguerite m'a promis son aide, ajoute-t-elle enfin.

— Mme de Caylus ?

— Oui. Lors de la dernière représentation, nous avons bavardé. Je lui ai avoué mon désir d'assister à un divertissement à Versailles et elle m'a répondu :

« Je serai votre guide. Je vous prêterai l'une de mes robes et des bijoux et je vous ferai passer pour une lointaine cousine. Ce sera drôle ! »

Charlotte a imité la voix haut perchée de la comtesse et Isabeau sourit dans le noir. Quel tempérament, cette Charlotte ! Toujours prête à se rebeller et à rire.

— Oh ! Charlotte, prendre le risque d'être chassée de notre maison pour assister à une fête, je ne vous comprends pas, se désole Hortense.

— Je ne vous demande pas de me comprendre, simplement de me conserver toutes les deux votre amitié, quoi qu'il arrive.

Un silence suit cette déclaration, puis, pour éviter de s'attendrir, Charlotte reprend :

— Comment va Louise ?

Isabeau hésite une seconde avant de répondre :

— Mieux. Surtout depuis que je lui ai appris qu'elle était la fille secrète du Roi.

— Vous le lui avez dit ? s'étonne Hortense.

— Oui. J'ai passé outre ma promesse. Elle était si malheureuse. Maintenant, elle a un but dans sa vie : plaire au Roi et retrouver sa mère.

— Un but... c'est ce dont nous rêvons toutes. Pour moi, c'est quitter Saint-Cyr, et goûter quelques jours à l'existence dorée de Versailles avant de rejoindre François.

— Moi, je croyais que mon but était de prier Dieu dans un couvent, murmure Hortense, et je viens de découvrir que c'est d'épouser Simon. Et vous, Isabeau ?

— Moi, c'est d'instruire les autres... tous les autres... les riches mais aussi les pauvres, afin qu'ils puissent sortir de leur misérable condition... Mais surtout, je mettrai tout en œuvre pour que Victoire puisse me rejoindre à Saint-Cyr. Ensemble, nous pourrions faire de belles choses pour notre prochain.

— Il paraît que vous avez fait merveille avec la petite Peyrolles qui refusait d'apprendre le français.

— Oh, elle avait surtout besoin de douceur et, en échange d'un baiser ou d'une caresse, elle a oublié totalement son patois. J'ai vraiment pris beaucoup de plaisir à lui enseigner les bonnes manières. Mme de Maintenon est satisfaite de mon travail. Elle me l'a dit et cela m'a récompensée de tout le mal que je me suis donné.

— Alors, nos destins vont se séparer, souffle Hortense.

— Sans doute, mais notre amitié ne disparaîtra pas. Nous sommes à jamais liées par les années passées ensemble dans cette maison. En tout cas, en ce qui me concerne, je ne vous oublierai pas, chuchote Isabeau, la voix enrouée par l'émotion.

— Moi non plus, ajoute Charlotte.

Hortense, la plus émue des trois, prend la main de ses amies et déclare solennellement :

— Jurons de nous porter aide et assistance en cas de besoin.

Isabeau et Charlotte unissent leurs mains dans celle de Hortense et proclament avec sérieux :

— Nous le jurons !

Retrouvez la suite des aventures des Colombes dans :

Le Secret de Louise.

L'illustratrice

Aline Bureau est née à l'Orléans en 1971. Elle a étudié
le graphisme à l'école Estienne puis la gravure aux
Arts décoratifs à Paris. C'est dans l'illustration qu'elle
s'est lancée en travaillant d'abord pour la presse
et la publicité et depuis peu pour l'édition jeunesse.

L'auteur

En un quart de siècle, Anne-Marie Desplat-Duc
a publié une quarantaine de romans dont beaucoup
ont été primés. Rien de surprenant quand on sait
que sa passion est l'écriture et qu'elle y consacre
tout son temps. Comme elle aime les enfants,
c'est pour eux qu'elle écrit des histoires qui finissent
bien. Vous pouvez toutes les découvrir sur son site
Internet : **http://a.desplatduc.free.fr**

CHEZ FLAMMARION, ELLE A DÉJÀ PUBLIÉ :

- **Dans la collection « Premiers romans »**
  Les héros du 18 :
  1. *Un mystérieux incendiaire*
  2. *Prisonniers des flammes*
  3. *Déluge sur la ville*
  4. *Les chiens en mission*

- **Dans la collection « Castor Poche » :**
  - *Le Trésor de Mazan* (N° 388)
  - *Félix Têtedeveau* (N° 514)
  - *Un héros pas comme les autres* (N° 742)
  - *Une formule magicatastrophique* (N° 1023)
  - *Ton amie pour la vie* (N° 1086)

Elle est également l'auteur des Colombes du Roi-Soleil
que vous pouvez découvrir sur le site :
http://www.lescolombesduroisoleil.com/

Les Colombes du Roi-Soleil

Des jeunes filles rêvent d'aventure
et de succès. Élevées aux portes
de Versailles, les Colombes du Roi-Soleil
volent vers leur destin...

PARTAGEZ LE DESTIN
DES COLOMBES DU ROI-SOLEIL
AVEC HUIT TOMES
PARUS EN GRAND FORMAT

Le secret de Louise

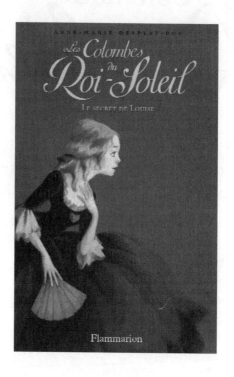

$\mathcal{G}$râce à ses talents de chanteuse, Louise est remarquée par la Reine d'Angleterre, qui lui demande de devenir sa demoiselle d'honneur. Elle quitte à regret Saint-Cyr et ses amies. Mais, très vite, elle fait des rencontres pasionnantes et des découvertes qui vont l'aider à lever le voile sur le mystère qui entoure sa naissance...

Charlotte la Rebelle

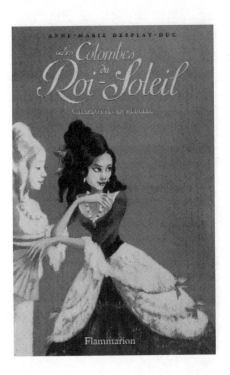

*C*harlotte décide de s'enfuir de Saint-Cyr et de quitter cette existence rangée qui ne lui convient pas. Une nouvelle vie l'attend à la cour de Versailles, une vie de fête, de liverté, de joie. Une découverte vient pourtant troubler son bonheur : son fiancé, François, a disparu. Charlotte ne s'avoue pas vaincue. Elle est prête à tout pour le retrouver !

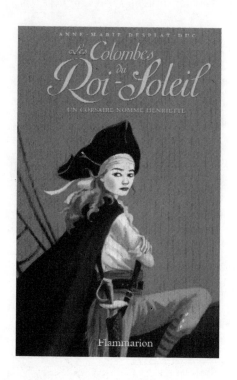

*O*riginaire de Saint-Malo, Henriette est un garçon manqué. Amoureuse du vent et de la mer, elle ne rêve que de bateaux, au grand désespoir de sa mère.
A Saint-Cyr, elle se lie d'amitié avec ses compagnes de fortune, mais elle n'est pas faite pour l'étude, le calme, ni la prière. Elle décide donc de reprendre sa liberté et d'aller au-devant de l'aventure pour réaliser son destin...

GERTRUDE
ET LE NOUVEAU MONDE

*P*our sauver son amitié avec Anne, Gertrude a commis une lourde faute et purge sa peine en prison. Mais une opportunité s'offre à elle : partir pour le Nouveau Monde. Là-bas, elle espère retrouver enfin la liberté et le bonheur. Pourtant, elle ne se doute pas des obstacles qui jalonneront sa nouvelle existence...

l'Enfance du Soleil

ANNE-MARIE ✦ DESPLAT-DUC

« On a beaucoup écrit sur moi, ou plutôt sur le grand roi que je suis devenu, le Roi-Soleil. Mais l'enfant, qui en a parlé ? Ma jeunesse a été faite de joies, de peines, d'amours, d'amitiés et de trahisons. L'absence d'un père, les tourments d'un pays en guerre, l'affection d'un frère et d'une mère, l'amour de la belle Marie Mancini... Qui, mieux que moi, saurait les raconter ? J'ai décidé de prendre la plume. Et s'il se peut que je mélange un peu les dates, pour les sentiments, en revanche, je n'ai rien oublié. »

MARIE-ANNE
FILLE DU ROI

DÉCOUVREZ LA NOUVELLE SÉRIE
DE ANNE-MARIE DESPLAT-DUC

1674.

Marie-Anne, élevée loin de la cour, apprend qu'elle est la fille du Roi Soleil. Prévenue des dangers d'une vie fastueuse, Marie-Anne s'apprête à découvrir Versailles et à faire son entrée dans la lumière.

Soudain, tous les regards se tournent vers elle…

Cet
ouvrage,
le mille quatre-vingt-douzième
de la collection
CASTOR POCHE,
a été achevé d'imprimer
sur les presses de l'imprimerie
en septembre 2009

Dépôt légal : octobre 2009
N° d'édition : L.01EJEN000229.N001
ISSN : 0763-4497
Loi n°49-956 du 16 juillet 1949
Imprimé en Espagne par Novoprint (Barcelone)